「十四五」國家重點出版物出版規劃項目

二〇二一—二〇三五年國家古籍工作規劃重點出版項目

中華古籍保護計劃

ZHONG HUA GU JI BAO HU JI HUA CHENG GUO

·成果·

國家珍貴古籍叢刊

宋本曹子建文集

（三國魏）曹植 撰

國家圖書館出版社

圖書在版編目（CIP）數據

宋本曹子建文集 / （三國魏）曹植撰. -- 北京 : 國家圖書館出版社, 2024.12. --（國家珍貴古籍叢刊）. ISBN 978-7-5013-8196-8

Ⅰ. I213.612

中國國家版本館CIP數據核字第2024FG3733號

書　　名　宋本曹子建文集
著　　者　（三國魏）曹　植　撰
叢 書 名　國家珍貴古籍叢刊
責任編輯　劉静怡
封面設計　翁　涌

出版發行　國家圖書館出版社（北京市西城區文津街7號　100034）
（原書目文獻出版社　北京圖書館出版社）
010-66114536　63802249　nlcpress@nlc.cn（郵購）
網　　址　http://www.nlcpress.com
排　　版　愛圖工作室
印　　裝　北京金康利印刷有限公司
版次印次　2024年12月第1版　2024年12月第1次印刷

開　　本　710×1000　1/16
印　　張　22.75
書　　號　ISBN 978-7-5013-8196-8
定　　價　180.00圓

《國家珍貴古籍叢刊》編纂委員會

《國家珍貴古籍叢刊》前言

中國古代文獻典籍是中華民族創造的重要文明成果。這些典籍承載着中華五千年的悠久歷史，不僅是中華優秀傳統文化的重要載體之一，還是民族凝聚力和創造力的重要源泉，更是人類珍貴的文化遺産。

黨的十八大以來，以習近平總書記爲核心的黨中央站在實現中華民族偉大復興的戰略高度，對傳承和弘揚中華優秀傳統文化作出一系列重大決策部署。習近平總書記多次圍繞中華優秀傳統文化保護弘揚、挖掘闡發、傳播推廣、融合發展作出重要論述，强調『要加强對中華優秀傳統文化的挖掘和闡發』，讓『書寫在古籍裏的文字都活起來』。二〇二三年，習近平總書記在文化傳承發展座談會上强調，衹有全面深入瞭解中華文明的歷史，纔能更有效地推動中華優秀傳統文化創造性轉化、創新性發展，更有力地推進中國特色社會主義文化建設，建設中華民族現代文明。黨和國家的高度重視和大力支持，把中華珍貴典籍的保護和傳承工作推上了新的歷史高度。

保護好、傳承好、利用好這些文獻典籍，對於傳承和弘揚中華民族優秀傳統文化，維護國家統一和民族團結，推動社會主義文化大發展大繁榮，促進國際文化交流和構建人類命運共同體，都具有十分重要的意義。二〇〇七年，國家啓動了『中華古籍保護計劃』。該計劃在文化和旅游部領導下，由國家古籍保護中心負責實施，十餘年來，古籍保護成效顯著，在社會上産生了極大反響。迄今爲止，國務院先後公布了六批《國家珍貴古籍名録》，收録了全國各藏書機構及個人收藏的珍貴古籍一萬三千零二十六部。

爲深入挖掘這些寶貴的文化遺産，更好地傳承文明、服務社會，科學合理有效地解决古籍收藏與利用的矛盾，二〇二四年，國家古籍保護中心啓動《國家珍貴古籍叢刊》叢書項目。該項目入選《二〇二一—二〇三五年國家古籍工作規劃》重點出版項目，是貫徹落實新時代弘揚中華優秀傳統文化的重要舉措。

本《叢刊》作爲古籍數字化的有益補充，將深藏内閣大庫的善本古籍化身千百，普惠廣大讀者。根據『注重普及、體現價值、避免重複』的原則，從入選第一至六批《國家珍貴古籍名録》的典籍中遴選出『時代早、流傳少、價值高，經典性較强、流傳度較廣』的存世佳槧爲底本，尤其重視『尚未出版過的、版本極具特殊性的、内容膾炙人口的』善本。通過『平民化』的出版方式進行全文高精彩印，以合理的價格、上乘的印刷品質讓大衆看得到、買得起、用得上。旨在用大衆普及活化推廣方式出版國家珍貴古籍，讓這些沉睡在古籍中的文字重新焕發光彩，爲學術界、文化界乃至廣大讀者提供豐富的學術資料和閲讀享受，更爲廣大學者、古籍保護從業人員、古籍收藏愛好者從事學術研究、版本鑒定、保護收藏等提供一部極爲重要的工具書。

本《叢刊》由國家圖書館出版社出版，在編纂過程中，保持古籍的原貌，力求做到影印清晰、編排合理。本《叢刊》不僅全文再現古籍的内容，每部書還附一篇名家提要，爲研究古籍流傳、版本變遷、學術思想等内容，提供重要資料。通過本《叢刊》的出版，我們相信對於推動古籍整理與研究工作、傳承中華優秀傳統文化、增强民族文化自信具有重要意義，也將有助於更多的人瞭解和認識中華文化的博大精深，激發人們對傳統文化的熱愛與傳承意識，爲中華民族的偉大復興貢獻力量。

《國家珍貴古籍叢刊》項目啓動以來，得到專家學者的廣泛關注，以及全國各大圖書館的大力支持。同時，我們也期待更多的學者、專家及廣大讀者能够關注和支持古籍保護工作，共同爲傳承和弘揚中華優秀傳統文化而努力。

國家古籍保護中心

二〇二四年九月

《國家珍貴古籍叢刊》出版説明

爲更好地傳承文明，服務社會，科學合理有效地解决古籍收藏與利用的矛盾，國家古籍保護中心聯合全國古籍重點保護單位，開展《國家珍貴古籍叢刊》高精彩印出版項目，以促進古籍保護成果的揭示、整理與利用，加强古籍再生性保護和研究。

《叢刊》所選文獻按照『注重普及、體現價值、避免重複』的原則，遴選出『時代早、流傳少、價值高，經典性較强、流傳度較廣』的存世佳槧爲底本高精彩印。按經、史、子、集分類編排，所選每種書均單獨印行，分批陸續出版。各書延聘專家撰寫提要，介紹該文獻著者、基本内容及其學術價值、版本價值，同時説明入選《國家珍貴古籍名録》批次、名録號等；各書編有詳細目録、設置書眉，以便讀者檢索和閲讀；正文前列牌記展示該文獻館藏單位、版本情况和原書尺寸信息。

國家圖書館出版社

二〇二四年九月

曹子建文集

（三國魏）曹植撰

宋刻本

據上海圖書館藏宋刻本影
印原書版框高二十四點
七厘米寬十六點五厘米

《曹子建文集》十卷，三國魏曹植撰。宋刻本。框高二十四點七厘米，寬十六點五厘米。每半葉八行，行十五字，白口，左右雙邊。此本入選第一批《國家珍貴古籍名録》（名録號〇一〇一二）。

曹植（一九二—二三二）字子建，三國魏沛國譙郡（今屬安徽）人。曹操子。漢獻帝建安時先後封平原侯、臨淄侯。魏文帝黄初三年（二二二）至明帝太和三年（二二九），又相繼封鄄城王、雍丘王與東阿王而三徙之，最後封陳王，鬱鬱不得志而終。謚『思』。世稱陳思王。

子建才思敏贍，所撰詩賦，無論表裏，皆藴蓄先秦兩漢之風，并直接影響六朝乃至隋唐文學之演進。惜其詩文集之原本久佚，作品全貌與篇什難能窺曉。此宋本乃子建别集今存最早之傳本，計賦四十三首，詩七十三首，雜文九十二篇。若以《魏書》傳注、《文選注》、《北堂書鈔》、《初學記》、《藝文類聚》、《白孔六帖》、《太平御覽》等書所引子建詩文相核，缺失者尚夥，是其僅爲當時一選本而已。然此本刊刻在先，後之衆多傳本皆從此出，且後人之輯佚與研究亦以是本爲基礎，則其版本價值不言自喻。

此本卷八與卷十之末題『新雕曹子建文集』，是有所本但難能踪迹。舊時或因此定爲元刻本（見傅增湘《藏園群書經眼録》卷十二）。今按其『廓』字缺筆，當刻於南宋寧宗朝（一一九五—

一二二四）。但與《四庫全書總目》所云嘉定六年（一二一三）刻本篇什不合，并非同一版本。常熟瞿氏《鐵琴銅劍樓藏書目録》謂此本避諱至『慎』字，誤。刻工有王彦明、劉世寧、徐仲、劉祖、陳朝俊、李安、于宗、葉材、劉之先等，因不詳該批工匠其他刻書信息而無從佐證，故此本刻於何地，藏書家、版本家莫有明鑒。昔有商丘人王文進者，嘗與宿儒研討版本之學，書林有錢聽默、陶五柳（皆清代名賈）之譽。所撰《文禄堂訪書記》，稱此宋本乃刻於江西，人莫之信也。兹檢上海圖書館所藏江西刻本《資治通鑑綱目》相賞鑑，字體如出一手，是書賈之經驗亦不容輕忽耳。

此本曾經明朱大韶、周良金，清瞿紹基及近人王綬珊遞藏，鈐有『華亭朱氏』『朱文石史』『書史之記』『周良金印』『毘陵周氏九松迂叟臧書記』『虞山瞿紹基臧書之印』『菰里瞿鏞』『鐵琴銅劍樓』『綬珊經眼』『杭州王氏九峰舊廬臧書之章』等印。今藏上海圖書館。（陳先行）

目録

卷六

卷七

卷八

卷九

卷十

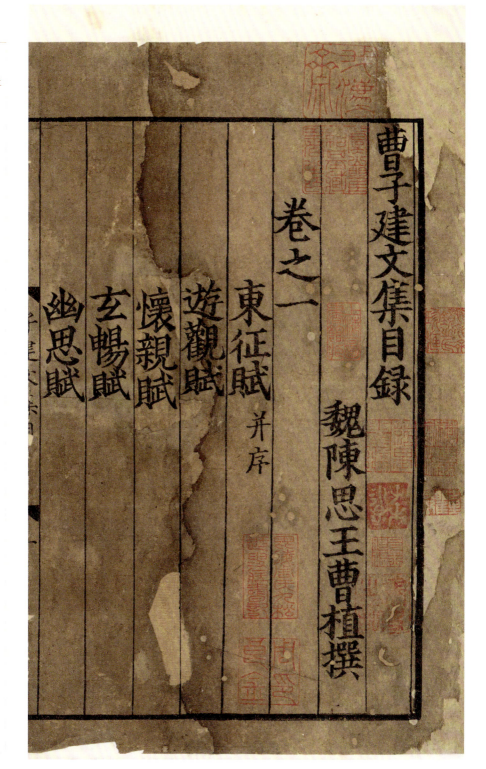

曹子建文集目録

魏陳思王曹植撰

卷之一

卷之二

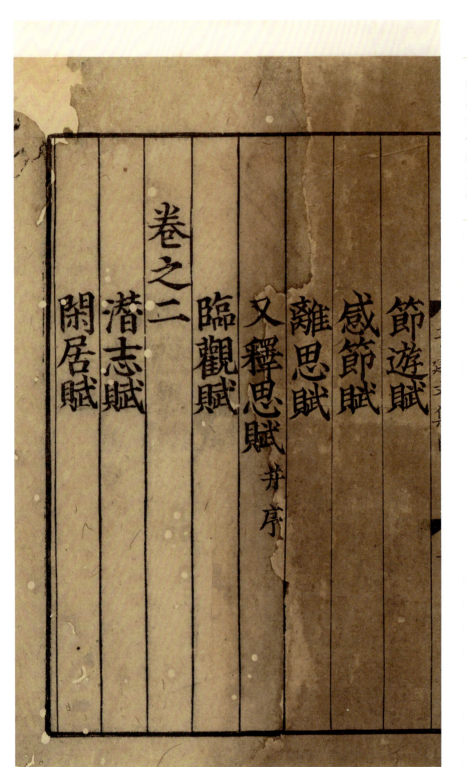

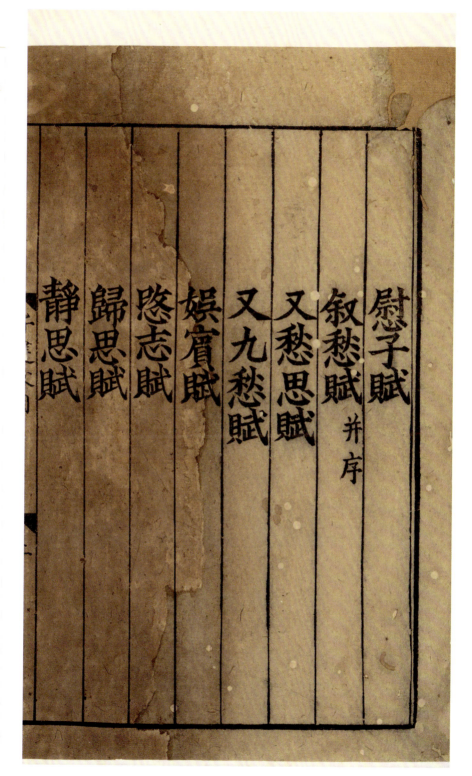

卷之三

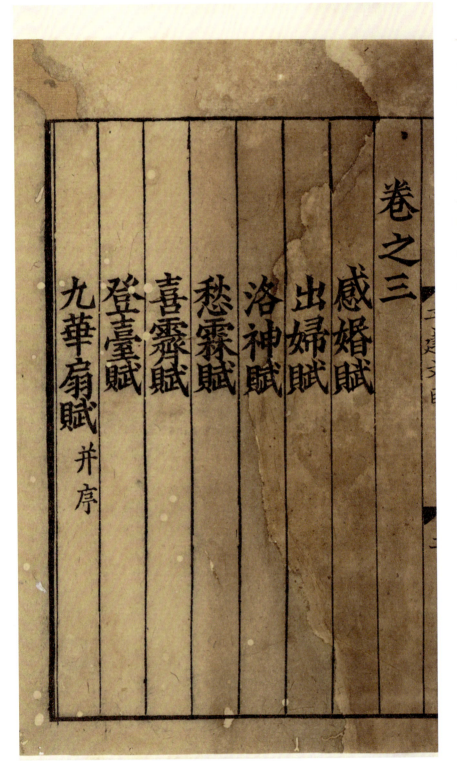

卷之四

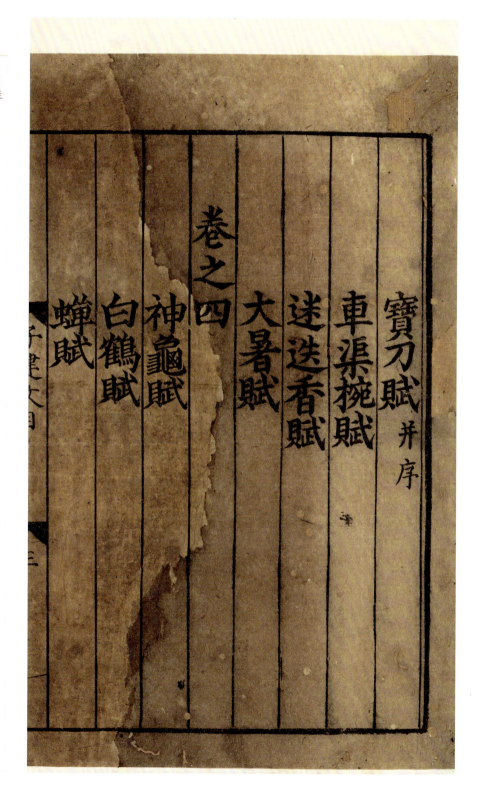

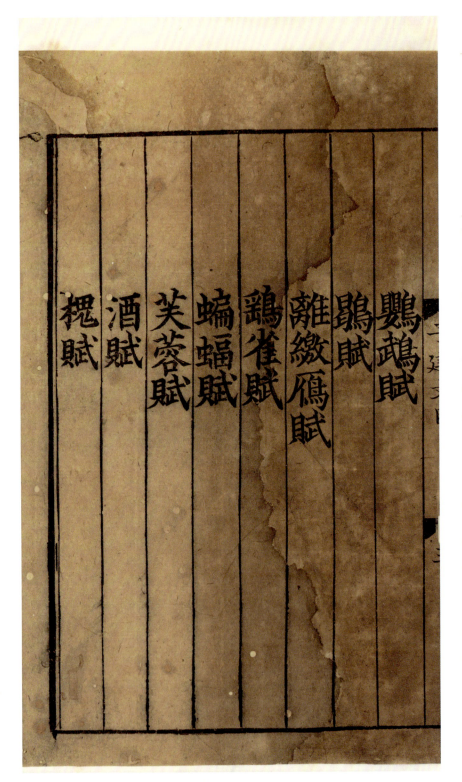

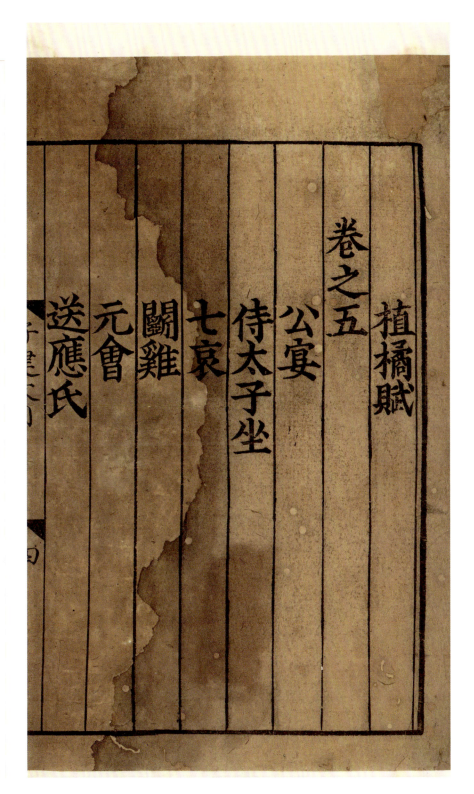

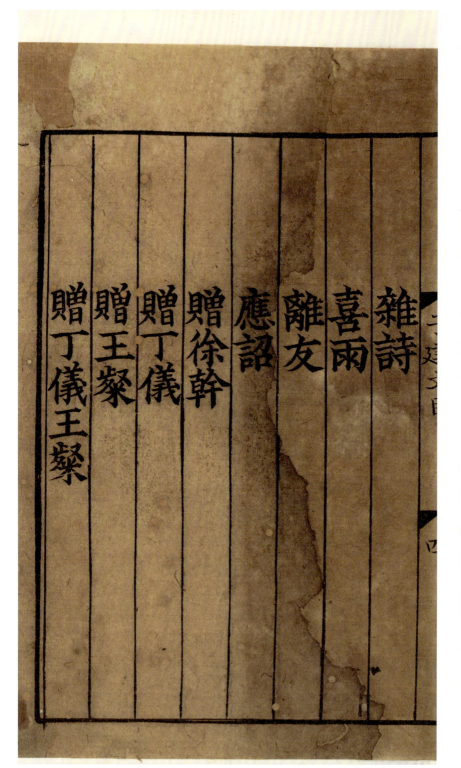

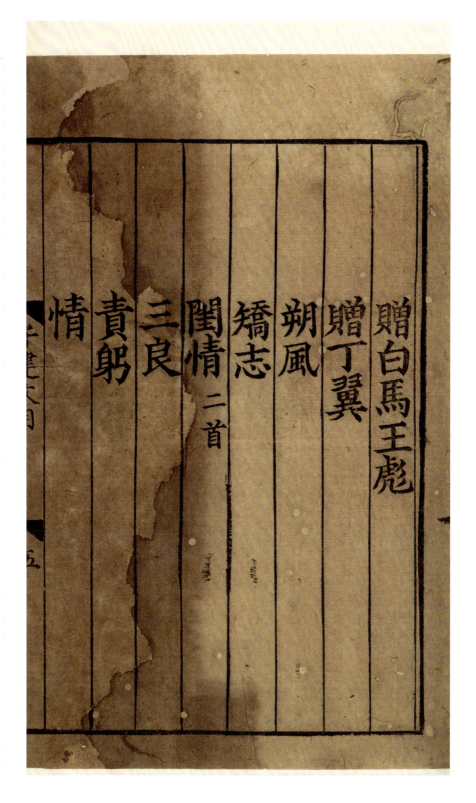

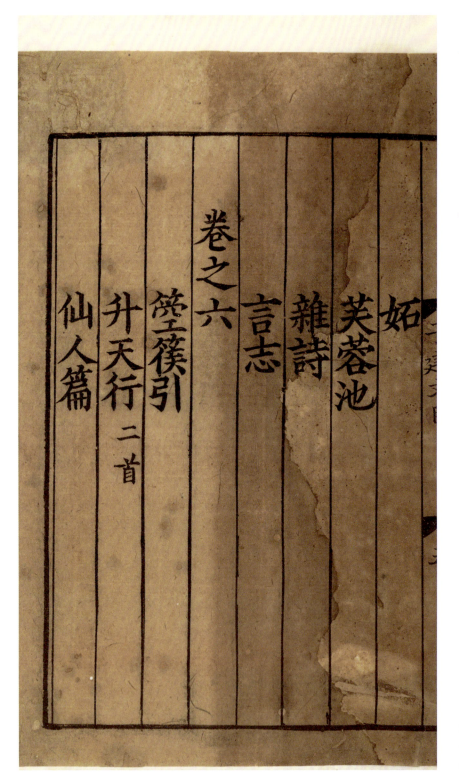

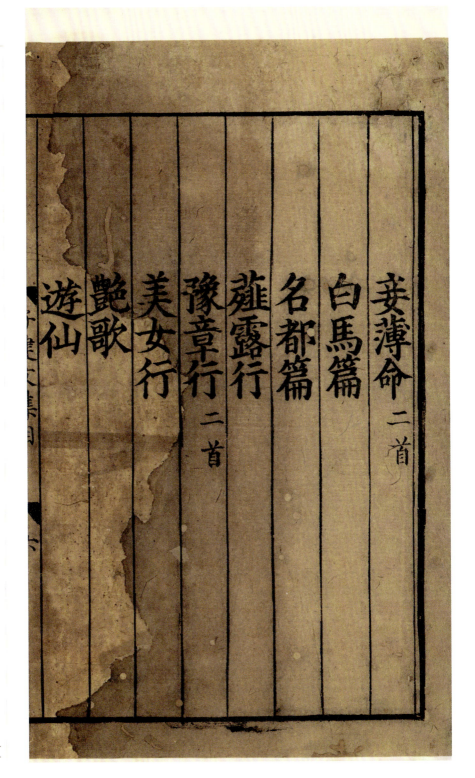

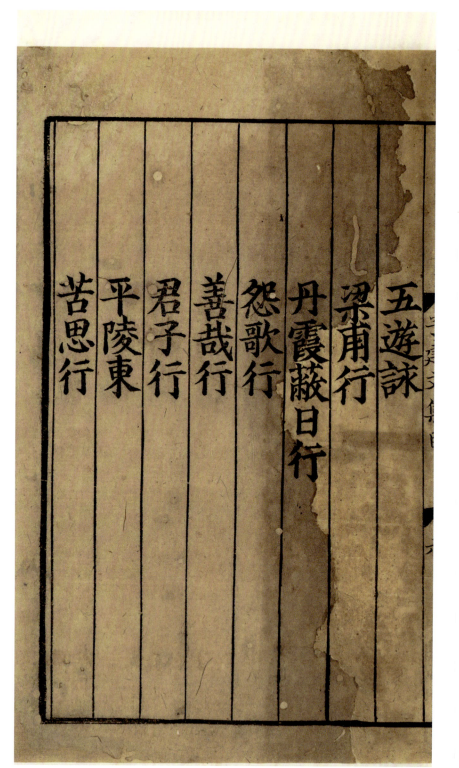

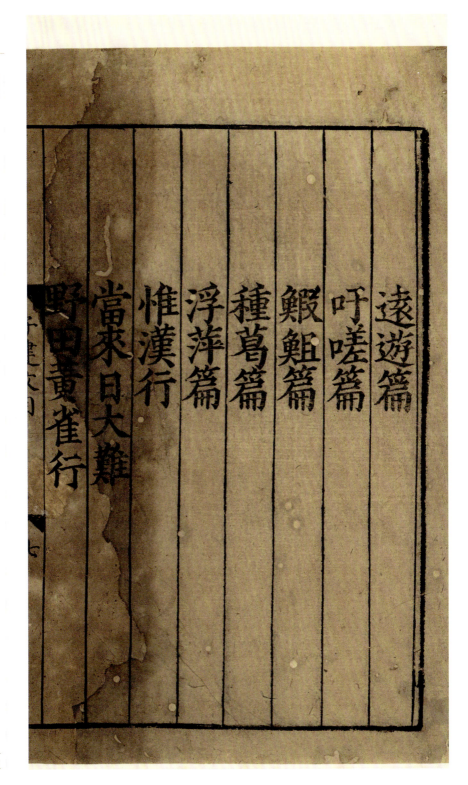

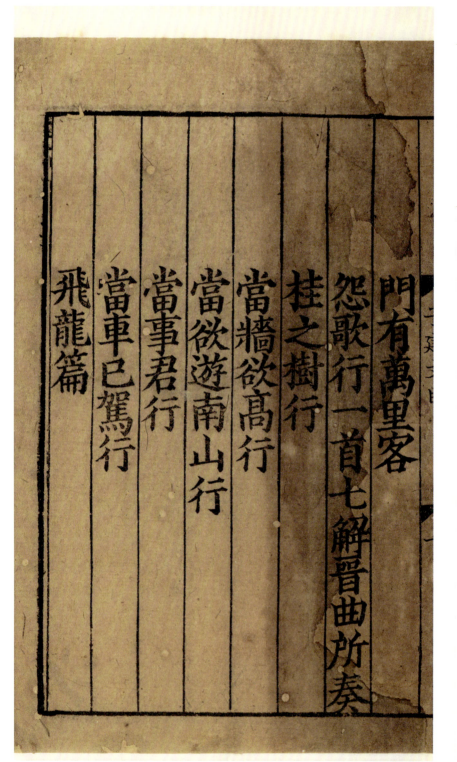

卷之七

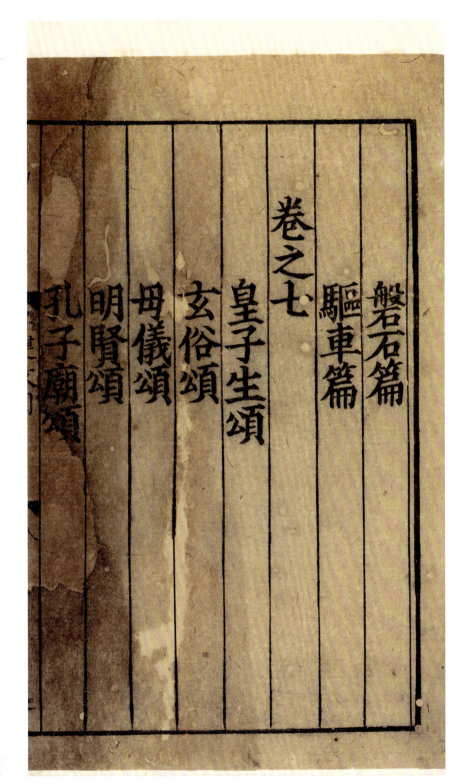

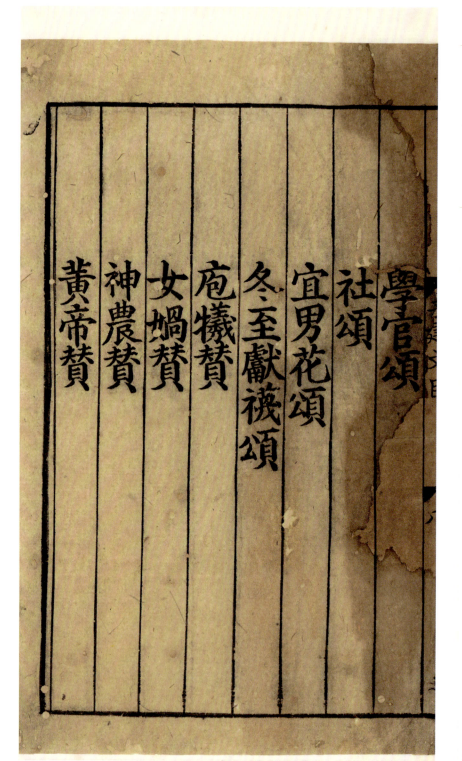

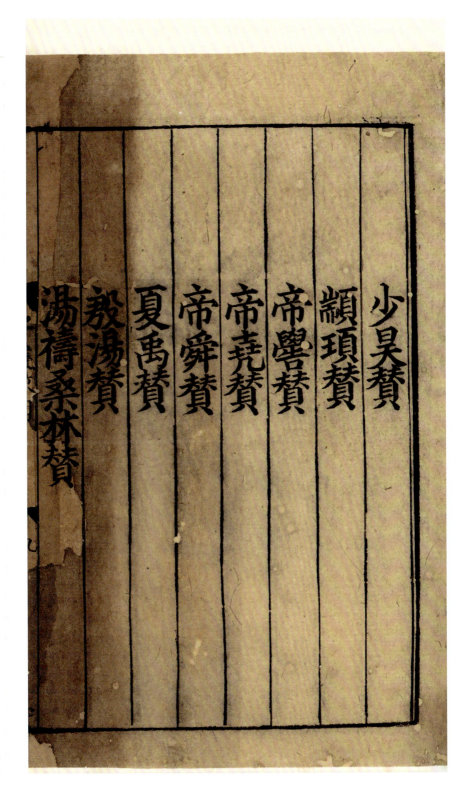

周文王贊
周武王贊
周公贊
周成王贊
漢文帝贊
漢武帝贊
漢景帝贊
姜嫄簡狄贊

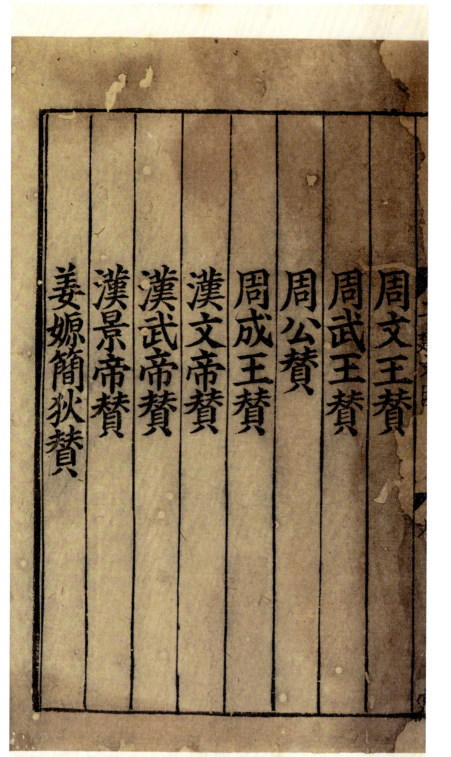

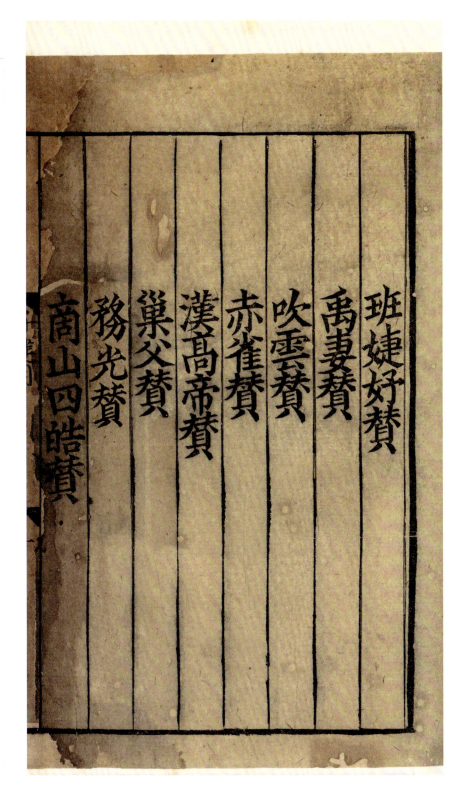

三鼎贊
承露盤銘并序
寶刀銘
卷之八
改封陳王謝恩章
封二子爲公謝恩章
初封安鄉侯表
謝妻改封表

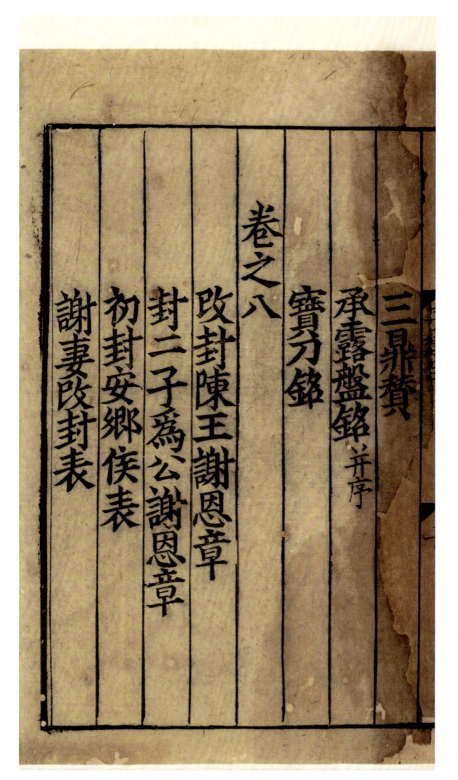

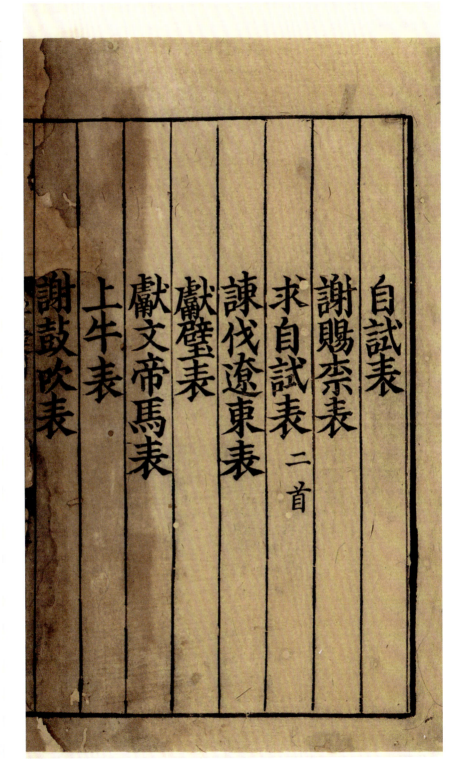

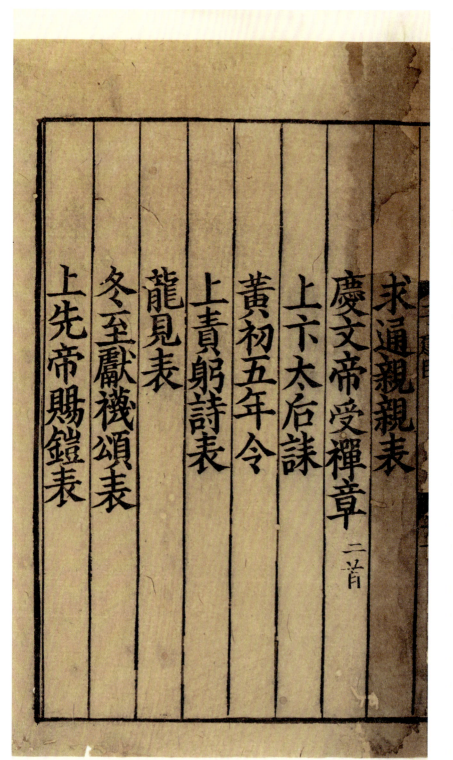

卷之九

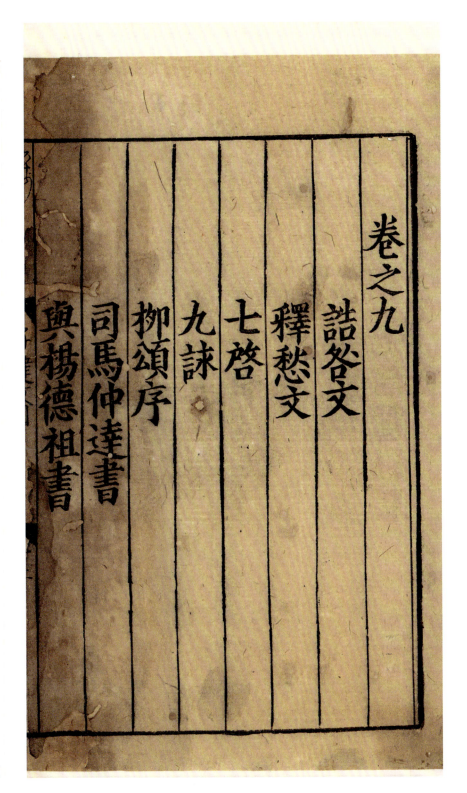

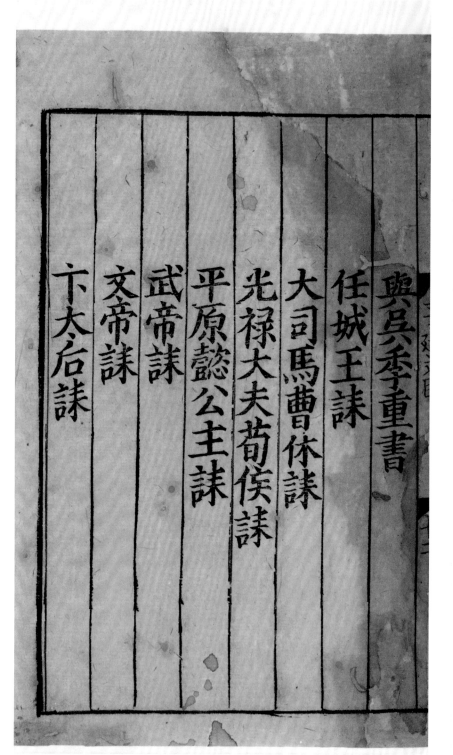

卷之十

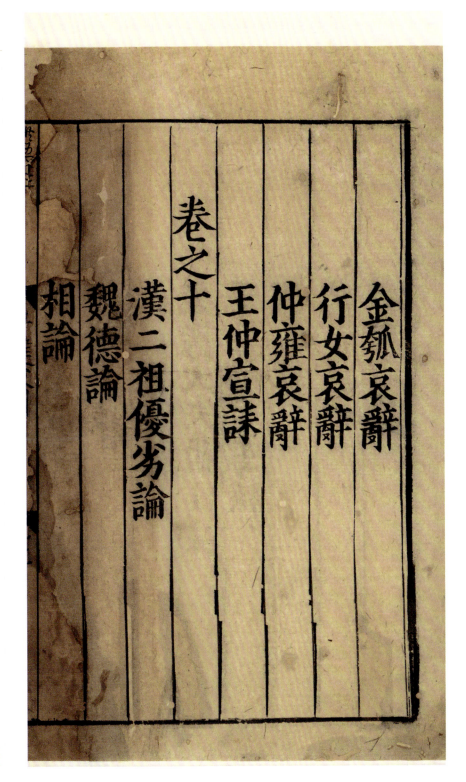

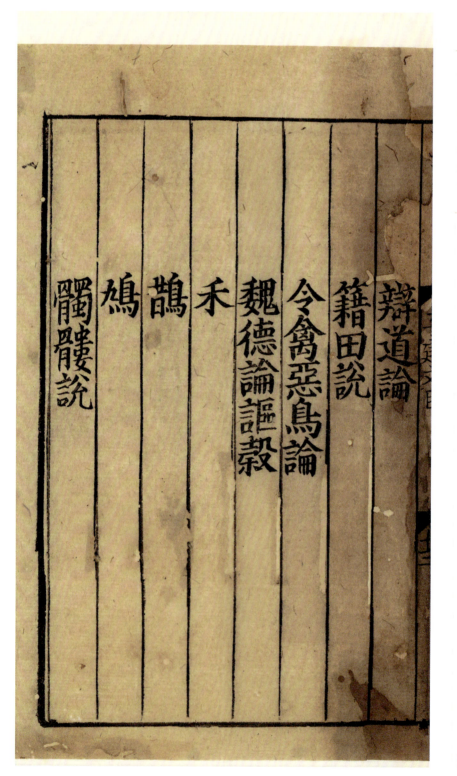

曹子建文集目録終

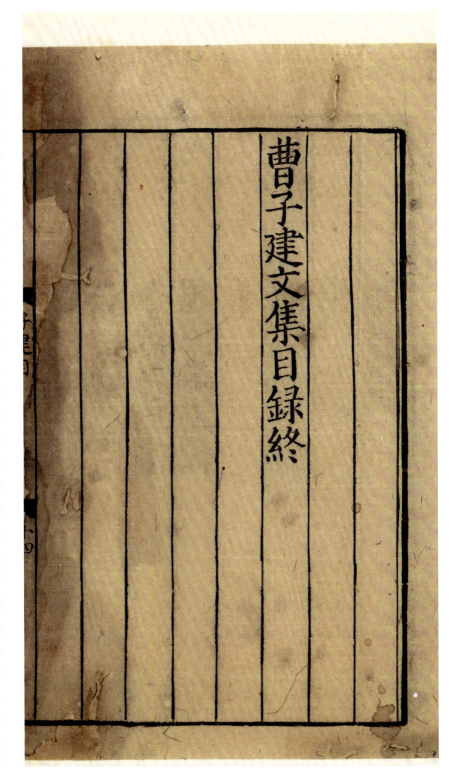

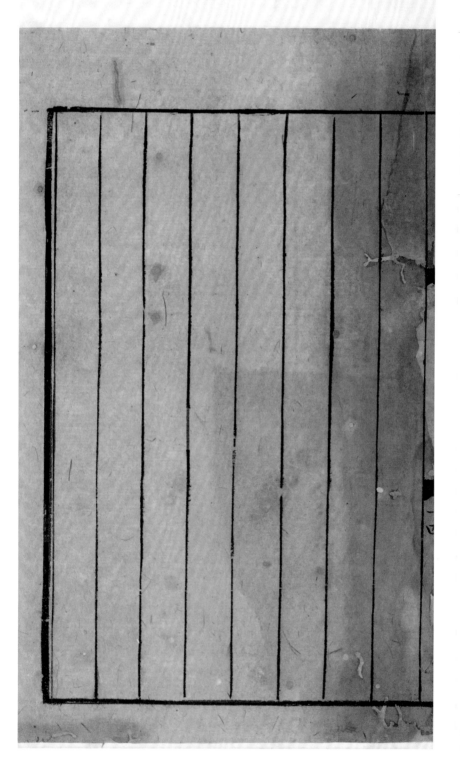

曹子建文集卷第一

魏陳思王曹植撰

東征賦并序

建安十九年王師東征吳寇余典禁兵衛官省然神武一舉東吳必克想見振旅之盛故作賦一篇

登城隅之飛觀兮望六師之所營幡旗轉而心異兮舟楫動而傷情顧身微而

任顯兮愧任重而命輕嗟我愁其何爲
兮心遥思而懸旌師旅憑皇穹之靈祐
兮亮元勳之必舉揮朱旗以東指兮横
大江而莫御

遊觀賦

靜閑居而無事將遊目以自娛登北觀
而啓路涉雲際之飛除從罷熊之武士
荷長戟而先驅罷若雲歸會如霧聚車

不及回塵不獲舉奮袂成風揮汗如雨

懷親賦 并序

濟陽南澤有先帝故營遂停駕造斯賦焉

猶平原而南騖覩先帝之舊營步壁壘之常制識旌旗之所停在官曹之典列心髣髴於平生回驤首而永遊赴脩塗以尋遠情眷戀而顧懷魂須臾而九反

玄暢賦 并序

夫富者非財也貴者非寶也或有輕爵禄而重榮聲者或有反性命而以徇功名者是以孔老異旨楊墨殊義聊作斯賦名曰玄暢

夫何希世之大人饜天壤而作皇該仁聖之上義據神位以統方補五帝之漏月綴三代以維綱僥余生之倖禄遘九

二之嘉祥上同契於稷禼降合頴於伊
望思薦寶以繼佩怨和璞之始鐫思黃
鍾以協律怨伶蘷之不存嗟所圖之莫
合悵蘊結而延志希鵬舉以傳天蹴青
雲而奮羽企駟躍而改駕任中才之展
御望前軏而致策顧後乘而安驅匪遑
邁之短脩取全貞而保素弘道德以爲
宇築無怨以作藩溜慈惠以爲圃耕柔

順以爲毌不媿景而慙媿言縣天之何
欲逸千載而流聲超遺黎而度俗

又幽思賦

倚高臺之曲嵎處幽僻之閑深望翔雲
之悠悠羌朝霽而夕陰顧秋華而零落
感歲暮而傷心觀躍魚於南沼聆鳴鶴
於北林搦素筆而慷慨揚大雅之哀吟
仰清風以歎息寄予思於悲絃信有心

而在遠重登高以臨川何余心之煩錯寧翰墨之能傳

節遊賦

覽宮宇之顯麗實大人之攸居建三臺於前處飄飛陛以凌虛連雲閣以遠徑營觀榭於城隅亢高軒以回跳緣雲霓而結疏仰西岳之崧岑臨漳滏之清渠觀靡靡而無終何眇眇而難殊亮虛厚

之所處非吾人之所廬於是仲春之月百卉叢生萋萋藹藹翠葉朱莖竹林青葱珍果含榮凱風發而時鳥讙微波動而水蟲鳴感氣運之和潤樂時澤之有成遂乃浮素蓋御驊騮命友生攜同儔誦風人之所歎遂駕言而出遊步北園而馳鶩庶翱翔以寫憂望洪池之滉瀁遂降集乎輕舟沈浮蟻於金罍行觴爵於

好求絲竹發而響厲悲風激於中流且
容與以盡觀聊永日而望愁嗟羲和之
奮迅怨曜靈之無光念人生之不永若
春日之微霜諒遺名之可紀信天命之
無常愈志蕩以淫遊非經國之大綱罷
曲宴而旋服遂言歸乎舊房

又感節賦

攜友生而遊觀盡賓主之所求登高墉

以永望冀銷日以忘憂欣陽春之潛潤樂時澤之惠休望候鴈之翔集想玄鳥之來遊嗟征夫之長勤雖處逸而懷愁懼天河之一回没我身乎長流豈吾鄉之足顧戀祖宗之靈丘惟人生之忽過若鑿石之未燿慕牛山之哀泣懼平仲之我笑折若華之翳日庶朱光之長照願寄軀於飛蓬乘陽風之遠飄亮吾志

之不從乃拊心以歎息青雲鬱其西翔
飛鳥翩而止匿欲縱體而從之哀予身
之無翼大風隱其四起揚黃塵之冥冥
鳥獸驚以求群草木紛其揚英見遊魚
之涔灂感流波之悲聲内紆曲而潛結
心怛惕以中驚匪榮德之累身恐年命
之早零慕歸全之明義庶不忝其所生

離思賦 并序

建安十六年大軍西討馬超太子留監國植時從焉意有憶戀遂作離思賦之

在肇秋之嘉月將曜師而西旗余抱疾以賓從扶衡軫而不怡慮征期之方至傷無階以告辭念玆君之光惠庶没命而不疑欲畢力於旌麾將何心而遠之願我君之自愛爲皇朝而寶已水重深而魚悅林循茂而鳥喜

又釋思賦 并序

家弟出養族父郎中伊余以兄弟之愛心有戀然作此賦以贈之彼翔友之離别猶求思乎白駒況同生之義絶重背親而爲踈樂鴛鴦之同池羨比翼之共林亮根異其何戚痛别幹之傷心

臨觀賦

登高墉兮望四澤臨長流兮送遠客春
風暢而氣通靈草含幹兮木交莖丘陵
崛兮松栢青南園薆兮果載榮樂時物
之逸豫悲余志之長違歎東山之愬勤
歌式微以詠歸進無路以効功退無隱
以營私俯無鱗以遊遁仰無翼以翻飛

曹子建文集卷第一

曹子建文集卷第二

潛志賦

潛大道以游志希往昔之遐烈矯貞亮以作矢當苑囿之呈藝驅仁義以爲禽必信中而後發退隱身以滅跡進出世而取容且摧剛而和謀接處肅以靜恭亮知榮而守辱匪徇天以爲通

閑居賦

何吾人之介特去朋匹而無儔出靡時
以娛志入無樂以銷憂何歲月之若騖
復民生之無常感陽春之發節聊輕駕
之遠翔登高丘以延企時薄暮而起余
仰歸雲以載奔遇蘭蕙之長圃冀芬芳
之可服結春衡以延佇入虛廊之閑館
步生風之庶廡踐密邇之脩除即蔽景
之玄宇翡鳥翔於南枝玄鶴鳴於北野

青魚躍於東沼白鳥戲於西渚遂乃背通谷對淥波藉文茵翳春華丹轂更馳羽騎相過

慰子賦

彼凡人之相親小離别而懷戀況中殤之愛子乃千秋而不見入空室而獨倚對孤幃而切歎痛人亡而物在心何忍而復觀日晼晚而既没月代照而舒光

仰列星以至晨衣霑露而含霜惟逝者之日遠愴傷心而絶腸

敘愁賦 并序

時家二女弟故漢皇帝聘以爲貴人家母見二弟愁思故令予作賦曰

嗟妾身之微薄信未達乎義方遭母氏之聖善奉恩化之彌長迄盛年而始立脩女職於衣裳承師保之明訓誦六列

之篇章觀圖像之遺形竊庶幾乎皇英
委微軀於帝室充末列於椒房荷印綬
之令服非陋才之所望對牀帳而太息
慕二親以憎傷攜羅袖而掩涕起出戶
而彷徨顧堂宇之舊處悲一別之異鄉

又愁思賦

四節更王兮秋氣悲遙思惝怳兮若有
遺原野蕭條兮煙無依雲高氣靜兮露

凝衣野草變氣兮莖葉稀鳴蜩抱木兮鴈南飛歸室解裳兮步庭前月光照懷兮星依天居一世兮芳景遷松喬難慕兮誰能仙長壽命也兮獨何悲

又九愁賦

嗟離思之難忘心慘毒而含哀踐南畿之末境越引領之徘徊眷浮雲以太息顧攀登而無階匪徇榮而愉樂信舊都

之可懷恨時王之謬聽受姦枉之虛辭揚天威以臨下忽放臣而不疑登高陵而反顧心懷愁而荒悴念先寵之既隆哀後施之不遂雖危亡之不豫亮無遠君之心刈桂蘭而秣馬舍余車於西林願接翼於歸鴻嗟高飛而莫攀因流景而寄言響一絕而不還傷時俗之趨險獨悵望而長愁感龍鸞而匿迹如吾身

之不留竄江介之曠野獨眇眇而沈舟
思孤客之可悲愍予身之翩翔豈天監
之孔明將時運之無常謂内思而自策
筭乃昔之愆殃以忠言而見黜信無負
於時王俗參差而不齊豈毀譽之可周
競昏瞀以營私害予身之奉公共朋黨
而妬賢俾予濟乎長江嗟大化之移易
悲性命之攸遭愁慊慊而繼懷怛慘慘

而情挽曠年載而不回長去君兮悠遠
御飛龍之蜿蜿揚翠霓之華旌絶氣霄
而高騖飄弭節於天庭披輕雲而下觀
覽九土之殊形顧南郢之邦壤咸蕪穢
而倚傾驂盤桓而思服仰御驤以悲鳴
行予袂而收涕僕夫感以失聲履先王
之正路豈滛徑之可遵知犯君之招咎
恥干媚而求親顧旋復之無軌長自弃

於遐濵與麋鹿以爲群宿林藪之葳蓁野蕭條而極望曠千里而無人民生期於必死何自苦以終身寧作清水之沈泥不爲濁路之飛塵踐蹊隧之危阻登岧嶤之高岑見失群之離獸覿偏棲之孤禽懷憤激以切痛若回刃之在心愁慼慼其無爲遊緑林而逍遥臨白水以悲嘯猨驚聽而失條亮無怨而弃逐

乃余行之所招

娛賓賦

遂衎賓而高會兮丹幃曄以四張辦中廚之豐膳兮作齊鄭之妍倡文人騁其妙說兮飛輕翰而成章談在昔之清風兮揔賢聖之紀綱欣公子之高義兮德芬芳其若蘭揚仁恩於白屋兮踰周公之棄餐聽仁風以忘憂兮美酒清而肴

乾

愍志賦 并序

或人有好鄰人之女者時無良媒禮不成焉彼女遂行適人有言之於余者余心感焉乃作賦曰

竊託音於往昔迄來春之不從思同遊而無路情壅隔而靡通哀莫哀於永絶悲莫悲於生離豈良時之難俟痛余質

之日虧登高樓以臨下望所歡之攸居
去君子之清宇歸小人之蓬廬欲輕飛
而從之迫禮防之我居

歸思賦

背故鄉而遷徂将遥憩乎化濱經平常
之舊居感荒壞而莫振城邑寂以空虛
草木穢而荆蓁嗟喬木之無陰處原野
其何爲信樂土之足慕忽并日之載馳

靜思賦

夫何美女之爛妖紅顏曄而流光卓特
出而無匹呈才好其莫當性通暢以聰
惠行嬚密而妍詳蔭高岑以翳日臨綠
水之清流秋風起於中林離鳥鳴而相
求愁慘慘以增傷悲予安能乎淹留

曹子建文集卷第二

曹子建文集卷第三

感婚賦

陽氣動兮淑清百卉鬱兮含英春風起兮蕭條蟄虫出兮悲鳴顧有懷兮妖饒用搔首兮屏營登清臺以蕩志伏高軒而游情悲良媒之不顧懼歡媾之不成慨仰首而歎息風飄飄以動纓

出婦賦

以才薄之質陋奉君子之清塵承顔色
以接意恐踈賤而不親悦新昏而忘妾
哀愛惠之中零遂摧頹而失望退幽屏
於下庭痛一旦而見弃心忉怛以非驚
衣入門之初服背牀室而出征攀僕御
而登車左右悲而失聲嗟寃結而無訴
乃愁苦以長窮恨無愆而見弃悼君施
之不終

洛神賦

黃初三年余朝京師還濟洛川古人有言斯水之神名曰宓妃感宋王對楚王說神女之事遂作斯賦其詞曰余從京域言歸東藩背伊闕越轘轅經通谷陵景山日既西傾車殆馬煩爾乃稅駕乎蘅皋秣駟乎芝田容與乎陽林流眄乎洛川於是精移神駭忽焉思散俯則未

察仰以殊觀覩一麗人于巖之畔爾迺
援御者而告之曰爾有覿於彼者乎彼
何人斯若此之艷也御者對曰臣聞河
洛之神名曰宓妃則君王之所見也無
迺是乎其狀若何臣願聞之余告之曰
其形也翩若驚鴻婉若游龍榮曜秋菊
華茂春松髣髴兮若輕雲之蔽月飄颻
兮若流風之回雪遠而望之皎若太陽

升朝霞迫而察之灼若芙蕖出淥波穠
纖得中脩短合度肩若削成腰如約素
延頸秀項皓質呈露芳澤無加鉛華弗
御雲髻峩峩脩眉聯娟丹脣外朗皓齒
內鮮明眸善睞靨輔承權瓌姿豔逸儀
靜體閑柔情綽態媚於語言奇服曠世
骨像應圖披羅衣之璀粲兮珥瑤碧之
華琚戴金翠之首飾綴明珠以燿軀踐

遠游之文履曵霧綃之輕裾微幽蘭之
芳藹兮步踟躕於山隅於是忽焉縱體
以遨以嬉左倚采旄右蔭桂旗攘皓腕
於神滸兮采湍瀨之玄芝余情恱其淑
美兮心振蕩而不怡無良媒以接歡兮
託微波而通辭願誠素之先達解玉珮
而要之嗟佳人之信脩羌習禮而明詩
抗瓊珶以和予兮指潛淵而爲期執眷

眷之欵實兮懼斯靈之我欺感交甫之
棄言兮悵猶豫而狐疑收和顏而靜志
兮申禮防以自持於是洛靈感焉徙倚
彷徨神光離合乍陰乍陽竦輕軀以鶴
立若將飛而未翔踐椒塗之郁烈步蘅
薄而流芳超長吟以永慕兮聲哀厲而
彌長爾迺衆靈雜遝命儔嘯侶或戲清
流或翔神渚或採明珠或拾翠羽從南

湘之二妃攜漢濱之游女歎匏瓜之無匹兮詠牽牛之獨處揚輕袿之綺靡兮翳脩袖以延竚體迅飛鳧飄忽若神淩波微步羅襪生塵動無常則若危若安進止難期若往若還轉眄流精光潤玉顏含辭未吐氣若幽蘭華容婀娜令我忘餐於是屏翳收風川后靜波馮夷鳴鼓女媧清歌騰文魚以驚乘鳴玉鸞以偕逝

六龍儼其齊首載雲車之容裔鯨鯢涌
而夾轂水禽翔而爲衛於是越北沚過
南岡紆素領回清陽動朱唇以徐言陳
交接之大綱恨人神之道殊怨盛年之
莫當抗羅袂以掩涕兮淚流襟之浪浪
悼良會之永絕兮哀一逝而異鄉無微
情以効愛獻江南之明璫雖潛處於太
陰長寄心於君王忽不悟其所舍悵神

宵而蔽光於是背下陵高足往神留遺情想像顧望懷愁冀靈體之復形御輕舟而上泝浮長川而忘反思綿綿而增慕夜耿耿而不寐霑繁霜而至曙命僕夫而就駕吾將歸乎東路攬騑轡以抗策悵盤桓而不能去

愁霖賦

迎朔風而爰邁兮雨微微而逮行悼朝

陽之隱曜兮怨北辰之潛精神結轍以盤桓兮馬躑躅以悲鳴攀扶桑而仰觀兮假九日於天皇瞻沈雲之泱漭兮哀吾願之不將又曰夫何季秋之淫雨兮既彌日而成霖瞻玄雲之晻晻兮聽長空之淋淋中宵卧而歎息起飾帶而撫琴

喜霽賦

禹身逝於陽盱卒錫圭而告成湯感旱於殷時造桑林而敷誠動玉朝而雲披鳴鑾鈴而日陽北極以爲期吾將倍道而兼行

登臺賦

從明后之嬉遊聊登臺以娛情見天府之廣開觀聖德之所營建高殿之嵯峨浮雙闕乎太清立冲天之華觀連飛閣

乎西城臨漳川之長流望衆果之滋榮仰春風之和穆聽百鳥之悲鳴天功怛其既立家願得而獲呈揚仁化於宇内盡肅恭於上京雖桓文之爲盛豈足方乎聖明休矣美矣惠澤遠揚翼佐皇家寧彼四方同天地之矩量齊日月之輝光

九華扇賦 并序

昔吾先君常侍得幸漢桓帝帝賜方竹扇不方不圓其中結成文名曰九華其辭曰

有神區之名竹生不周之高岑對緑水之素波背玄澗之重深體虛暢以立幹播翠葉以成秋形五離而九折蔑氂解而縷分效虬龍之蜿蟬法虹蜺之氤氲因形致好不常厥儀方不應矩圓不中

規隨皓腕以徐轉發惠風之寒微時氣清以方厲紛飄動兮綺紈

寶刀賦 并序

建安中魏王命有司造寶刀五枚以龍熊鳥雀爲識太子得一余弟饒陽侯各得一焉

有皇漢之明后思明達而玄通飛文藻以博致揚武備以禦凶然後礪五方之

石鑒以中黃之壤規圓景以定環攄神
思而造象陸斷犀華水斷龍角輕擊浮
截刃不纖流踰南越之巨闕超有楚之
泰阿寔真人之攸遇永天禄而是荷

車渠椀賦

惟新椀之所生于凉風之浚濱采金光
之定色擬朝陽而發暉豐玄素之暐曄
帶朱榮之葳蕤縕絲綸以肆采藻緐布

以相追翩飄颻而浮景若鷩鵠之雙飛隱神璞於西野彌百葉而莫希于時乃有篤神后廣被仁聲夷慕義而重使獻兹寶於斯庭命公輸使制匠窮妍麗之殊形華色粲爛文若點成鬱蔚雲蒸蜿蟬龍征光如激電影若浮星何神怪之巨偉信一覽而九敬雖離朱之聰目内炫燿而失精何明麗之可悅超群寶而

特章俟君子之閑宴酌甘醴於斯觥既
娛情而可貴故求御而不忘

迷迭香賦

播西都之麗草兮應青春而凝暉流翠
葉于纖柯兮結微根於丹墀信繁華之
速實兮弗見彫於嚴霜芳暮秋之幽蘭
兮麗崑崙之英芝既經時而收采兮遂
幽殺以增芳去枝葉而持御兮入綃縠

之霧裳附玉體以行止兮順微風而舒光

大暑賦

炎帝掌節祝融司方羲和按轡南雀舞衡蛇折鱗於靈窟龍解角於皓蒼遂乃温風赫戲草木垂幹山坼海沸沙融礫爛飛魚躍渚潛黿浮岸鳥張翼而近栖獸交游而雲散于時黎庶徙倚棊布葉

分機女絶綜農夫釋耘背暑者不羣而齊跡向陰者不會而成羣於是大人遷居宅幽緩神育靈雲屋重搆閑房肅清寒泉涌流玄木奮榮積素冰於幽館氣飛結而爲霜奏白雪於琴瑟朔風感而增涼

曹子建文集卷第三

曹子建文集卷第四

神龜賦 并序

龜壽千歲時有遺余龜者數日而死肌肉消盡唯甲存焉余感而賦之曰

嘉四靈之建德各潛位乎一方蒼龍虬於東嶽白虎嘯於西崗玄武集於寒門朱雀栖於南鄉順仁風以消息應聖時而后翔嗟神龜之奇物體乾坤之自然

下夷方以則地上示隆而法天順陰陽
以呼吸藏景曜於重泉飡飛塵以實氣
飲不竭於朝露步容趾以俯仰時鸞回
而鶴顧忽萬載而不恤周無疆於太素
感白靈之翔翥卒不免乎豫且雖見尊
於宗廟離刳剥之重辜欲愬怨於上帝
將等愧乎游魚懼沈泥之逢殆赴芳蓮
以巢居安玄雲而好靜不注翔而改度

昔嚴周之抗節援斯靈而托喻嗟禄運之屯蹇終遇獲於江濱歸籠檻以幽處遭淳美之仁人晝顧瞻以終日夕撫順而接晨遘遥災以殞越命勦絶以不振天道昧而末分神明幽而難燭蓍氏没於空澤松喬化於扶木虵折鱗於平皐龍脱骨於幽谷亮物類之遷化疑斯靈之解殼

白鶴賦

嗟皓麗之素鳥兮含奇氣之淑祥薄幽
林以屏處兮蔭重景之餘光狹單巢於
弱條兮懼衝風之難當無沙棠之逸志
兮欣六翮之不傷承邂逅之僥倖兮得
接翼於鸞皇同毛衣之氣類兮信休息
之同行痛美會之中絶兮遘嚴災而逢
殃并太息而祗懼兮抑吞聲而不揚傷

本規之違忤悵離群而獨處恒竄伏以
窮栖獨哀鳴而戢羽冀大綱之難結得
奮翅而遠遊聆雅琴之清均記六翮之
末流

蟬賦

唯夫蟬之清素兮潛厥類乎太陰在炎
陽之仲夏兮始遊豫乎芳林實淡泊而
寡欲兮獨咍樂而長吟聲嗷嗷而彌厲

兮似貞士之介心内含和而弗食兮與衆物而無求栖髙枝而仰首兮頼朝露之清流隱柔桑之稠葉兮快閑居而遁暑苦黄雀之作害兮患螗螂之勁斧飄翔而遠託兮毒蜘蛛之罔罟欲降身而卑竄兮懼草蟲之襲予免衆難而弗獲兮遥遷集乎宫宇依名果之茂陰兮託脩幹以靜處有翩翩之狡童兮步容與

於園圃體離朱之聰視兮姿才捷於猿猴條罔葉而不挽兮樹無幹而不緣翳輕軀而奮進兮跪側足以自閑恐余身之驚駭兮精曾睨而目連特柔竿之冉冉兮運微黏而我纏欲翻飛而愈滯兮知性命之長捐委厥體於膳夫歸炎炭而就燔秋霜紛以宵下晨風烈其過庭氣憯怛而薄軀足攀木而失莖吟嘶啞

以沮敗狀枯槁以喪形辭曰詩歎鳴蜩
聲嘒嘒兮盛陽則來大陰逝兮皎皎貞
素侯夷節兮帝臣是戴尚其潔兮

鸚鵡賦

美洲中之令鳥越衆類之殊名感陽和
而振翼遁太陰以存形遇旅人之嚴綱
殊六翮之無遺身挂滯於重緤孤鴜鳴
而獨歸豈余身之足惜憐衆雛之未飛

分糜軀以潤鑊何全濟之敢希蒙含育之厚德奉君子之光輝恕身輕而施重恐往惠之中虧常戢心以懷懼雖處安其若危永哀鳴以報德庶終來而不疲

鶻賦

鶻之爲禽猛氣其鬬終無勝負朝於必死遂賦之焉美遐忻之偉鳥生太行之嵓阻體貞剛之烈性亮金德之所輔戴

毛角之雙立揚玄黃之勁羽其沈隕而重辱有節俠之儀矩降居擅澤高處保岑遊不同嶺栖必異林若有翻雄駭游孤鴜驚翔則長鳴挑敵鼓翼專揚踰高越壑雙戢隻僵階侍斯珥俯耀文墀成武官之首飾增庭燎之高暉

離繳鴈賦 并序

余游於武陵中有鴈離繳不能復飛頋

命舟人追而得之故憐而賦焉
憐孤鴈之偏特情惆焉而內傷含中和
之絶氣赴四節而征行遠玄冬於南裔
避炎夏於朔方挂微軀之輕翼忽頹落
而離羣旅暗驚而鳴遠徒矯首而莫聞
甘充君之下廚膏函牛之鼎鑊蒙生全
之頋覆何恩施之隆博於是縱軀歸命
無慮無求飢食粱稻渴飲清流

鷂雀賦

曰鷂欲取雀雀言雀微賤身卑些少肌肉瘠瘦所得蓋少君欲相噉實不足飽鷂得雀言初不敢語頃來轗軻資糧乏旅三日不食略思死鼠今日相得寧復置汝雀得鷂言意甚征營性命至重雀鼠貪生君得一食我命是傾皇天降鑒賢者是聽鷂得雀言意甚怛惋當死斃

雀頭如果蒜不早首服烈頸大喚行人
聞之莫不往觀雀得鷄言意甚不移目
如擘椒跳蕭二翅我雖當死略無可避
鷄乃置雀良久方去二雀相逢似是公
嫗相將入草共上一樹仍叙本末辛苦
相語而共出爲鷄所捕頼我翻捷體素
便附説我辯語千條萬句欺恐舍長令
兒大怖我之得免復勝於兔自今徙意

莫復相妬

蝙蝠賦

曰吁何姦氣生茲蝙蝠形殊性詭每變常式行不由足氣不假翼明伏暗動盡似鼠形謂鳥不似二足爲毛飛而含齒巢不哺鷇空不乳子不容毛群斥逐羽族下不蹈陸上不憑木

芙蓉賦

覽百卉之英茂無斯華之獨靈結脩根
於重壤泛清流而擢莖其始榮也皦若
夜光尋扶桑其揚暉也晃若九陽出暘
谷芙蓉蹇產菡萏星屬絲條垂珠丹榮
吐綠焜焜韡韡爛若龍燭觀者終朝情
猶未足於是狡童媛女相與同遊擢素
手於羅袖接紅葩於中流

酒賦

余覽揚雄酒賦辭甚瑰瑋頗戲而不雅聊作酒賦粗究其終始賦曰

嘉儀氏之造思亮茲美之獨珍仰酒旗之景曜協嘉號於天辰穆生以醴而辭楚侯䕫臧感爵而憯深其味有宜城醪醴蒼梧縹清或秋藏冬發或春醖夏成或雲沸沸涌或素蟻浮萍爾乃王孫公子遊俠翺翔將承芬以接意會陵雲於朱

堂獻酬交錯宴笑無方於是飲者並醉縱橫讙譁或揚袂屢舞或叩劒清歌或嚬蹙辭觴或奮爵橫飛或歎驪駒既駕或稱朝露未晞於斯時也質者或文剛者或仁卑者忘賤窶者忘貧於是矯俗先生聞之而嘆曰噫夫言何容易此乃淫荒之源非作者之事若耽于觴酌流情縱逸先王所禁君子所斥

槐賦

羙良木之華麗爰獲貴於至尊憑文昌之華殿森列峙乎端門覩朱欀之振條據文陛而結根揚沈陰以愽覆似明后之垂恩在季春以初茂踐朱夏而乃繁覆陽精之炎景散流耀以增鮮

植橘賦

有朱橘之珍樹于鶉火之遐鄉禀太陽

之烈氣嘉果日之休光體天然之素分不遷徙于殊方播萬里而遥植列銅爵之園廷背江川之暖氣處玄翔之肅清邦換壤別爰用喪生處彼不彫在此先零朱實不彫焉得素榮惜寒暑之不均嗟華實之永乖仰凱風以傾葉冀炎氣之所懷飈鳴條以流響晞越鳥之來栖夫靈德之所感物無微而不和神蓋幽

而易激信天道之不訛既萌根而弗幹
諒結葉而不華漸玄化而弗變非彰德
於邦家拊微條以歎息哀草木之難化

曹子建文集卷第四

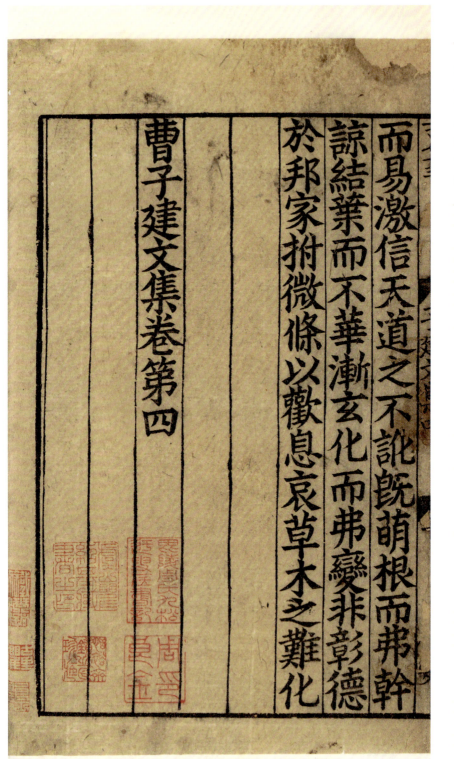

曹子建文集卷第五

公宴

公子敬愛客終宴不知疲清夜遊西園
飛蓋相追隨明月澄清景列宿正參差
秋蘭被長坂朱華冒綠池潛魚躍清波
好鳥鳴高枝神飈接丹轂輕輦隨風移
飄颻放志意千秋長若斯

侍太子坐

白日曜青春時雨靜飛塵寒冰辟炎景
涼風飄我身清醴盈金觴肴饌縱橫陳
齊人進奇樂歌者出西秦翩翩我公子
機巧忽若神

七哀

明月照高樓流光正徘徊上有愁思婦
悲歎有餘哀借問歎者誰言是宕子妻
君行踰十年孤妾常獨棲君若清露塵

妾若濁水泥浮沈各異勢會合何時諧
願爲西南風長逝入君懷君懷良不開
賤妾當何依

鬭雞

遊目極妙伎清聽厭宮商主人寂無爲
衆賓進樂方長筵坐戲客鬭雞閒觀房
羣雄正翕赫雙翹自飛揚揮羽邀清風
悍目發朱光觜落輕毛散嚴距往往傷

長鳴入青雲扇翼獨翺翔願蒙狸膏助
常得擅此場
元會
初歲元祚吉日惟良乃爲佳會宴此高
堂衣裳鮮潔黼黻玄黄珍膳雜還充溢
圓方俯視文軒仰瞻華梁願保茲喜千
載爲常歡笑盡娱樂哉未央皇家榮貴
壽考無疆

送應氏 二首

步登北邙阪遥望洛陽山洛陽何寂寞
宫室盡燒焚垣牆皆頓擗荆棘上參天
不見舊耆老但覩新少年側足不行逕
荒疇不復田遊子久不歸不識陌與阡
中野何蕭條千里無人煙念我平生居
氣結不能言

又

清時難屢得嘉會不可常天地無終極
人命若朝霜願得展嬿婉我友之朔方
親暱並集送置酒此河陽中饋豈獨薄
賓飲不盡觴愛至望苦深豈不愧中腸
山川阻且遠別促會日長願爲比翼鳥
施翮起高翔征西官屬送於陟陽侯

雜詩六首

高臺多悲風朝日照北林之子在萬里

江湖迴且深方舟安可極離思故難任
孤鴈飛南遊過庭長哀吟翹思慕遠人
願欲託遺音形影忽不見翩翩傷我心

其二

轉蓬離本根飄颻長隨風何意迴飇舉
吹我入雲中高高上無極天路安可窮
類此遊客子捐軀遠從戎毛褐不掩形
薇藿常不充去去莫復道沈憂令人老

其三

西北有織婦綺縞何繽紛明晨秉機杼
日昃不成文太息終長夜悲嘯入青雲
妾身入空閨良人行從軍自期三年歸
今已歷九春飛鳥繞樹翔噭噭鳴索群
願爲南流景馳光見我君

其四

南國有佳人容華若桃李朝遊江北岸

夕宿瀟湘沚時宿薄朱顔誰爲發皓齒
俯仰歲將暮榮燿難久恃

其五

僕夫早嚴駕吾行將遠遊遠遊欲何之
吳國爲我仇將騁萬里塗東路安足由
江介多悲風淮泗馳急流願欲一輕濟
惜哉無方舟閑居非吾志甘心赴國憂

其六

飛觀百餘尺臨牖仰櫺軒遠望周千里
朝夕見平原烈士多悲心小人偷自閑
國讎亮不塞甘心思喪元拊劍西南望
思欲赴太山絃急悲聲發聆我慷慨言

喜雨

天覆何彌廣苞育此羣生弃之必憔悴
惠之則滋榮慶雲從北來鬱述西南征
時雨中夜降長雷周我廷嘉種盈膏壤

登秋必有成

離友 并序

鄉人有夏侯威者少有成人之風余尚其爲人與之昵好王師振旅送子于魏邦心有眷然爲之隕涕乃作離友之詩其辭曰

王旅遊兮背故鄉彼君子兮篤人剛媵予行兮歸朔方馳原隰兮尋舊疆載車

奔兮馬繁驤涉浮齊兮汎輕航迄魏都
兮息蘭房展宴好兮惟樂康

應詔

肅承明詔應會皇都星陳夙駕秣馬脂
車命彼掌徒肅我征旅朝發鸞臺夕宿
蘭渚芒芒原隰祁祁士女經彼公田樂
我稷黍爰有樛木重陰匪息雖有餱糧
飢不遑食望城不過面邑不遊僕夫警

笂平路是由玄駟藹藹揚鑣漂沫流風
翼衡輕雲承蓋涉澗之濵緣山之隈遵
彼河滸黃坂是階西濟關谷或降或升
騑驂倦路載寢載興將朝聖皇匪敢晏
寧弭節長騖指日遄征前驅舉燧後乘
抗旌輪不輟運鸞無廢聲爰暨帝室稅
此西墉嘉詔未賜朝　莫從仰瞻城闕
俯惟闕庭長懷永慕憂心如酲

贈徐幹

驚風飄白日忽然歸西山圓景光未滿
衆星粲以繁志士營世業小人亦不閑
聊且夜行遊遊彼雙闕間文昌鬱雲興
迎風高中天春鳩鳴飛棟流猋激櫺軒
顧念蓬室士貧賤誠足憐薇藿弗充虛
皮褐猶不全慷慨有悲心興文自成篇
寶棄怨何人和氏有其愆彈冠俟知己

知己誰不然良田無晚歲膏澤多豐年
亮懷璵璠美積久德愈宣親交義在敦
申章復何言

贈丁儀

初秋涼氣發庭樹微消落凝霜依玉除
清風飄飛閣朝雲不歸山霖雨成川澤
黍稷委疇隴農夫安所獲在貴多忘賤
爲恩誰能博狐白足御冬焉念無衣客

思慕延陵子寶劍非所惜子其寧爾心
親交義不薄

贈王粲

端坐苦愁思攬衣起西遊樹木發春華
清池激長流中有孤鴛鴦哀鳴求匹儔
我願執此鳥惜哉無輕舟欲歸忘故道
顧望但懷愁悲風鳴我側羲和逝不留
重陰潤萬物何懼澤不周誰令君多念

遂使懷百憂

贈丁儀王粲

從軍度函谷驅馬過西京山岑高無極涇渭揚濁清壯哉帝王居佳麗殊百城員闕出浮雲承露槩泰清皇佐揚天惠四海無交兵權家雖愛勝全國爲令名君子在末位不能歌德聲丁生怨在朝王子歡自營歡怨非貞則中和誠可經

贈白馬王彪

謁帝承明廬逝將歸舊疆清晨發皇邑
日夕過首陽伊洛廣且深欲濟川無梁
汎舟越洪濤怨彼東路長顧瞻戀城闕
引領情內傷大谷何寥廓山樹鬱蒼蒼
霖雨泥我塗流潦浩從橫中逵絶無軌
改轍登高岡修阪造雲日我馬玄以黃
玄黃猶能進我思鬱以紆鬱紆將何念

親愛在離居本圖相與偕中更不克俱鴟梟鳴衡枙豺狼當路衢蒼蠅白間黑讒巧令親踈欲還絕無蹊攬轡止踟躕踟躕亦何留相思無終極秋風發微涼寒蟬鳴我側原野何蕭條白日忽西匿歸鳥赴喬林翩翩厲羽翼孤獸走索群銜草不遑食感物傷我懷撫心長太息太息將何為天命與我違奈何念同生

一往形不歸孤魂翔故域靈柩寄京師
存者忽復過亡歿身自衰人生處一世
去若朝露晞三在桑榆閒影響不能追
自顧非金石咄唶令心悲心悲動我神
棄置莫復陳丈夫志四海萬里猶比鄰
恩愛苟不虧在遠分日親何必同衾幬
然後展慇懃憂思成疾疢無乃兒女仁
倉卒骨肉情能不懷苦辛苦辛何慮思

天命信可疑虛無求列仙松子乆吾欺
變故在須臾百年誰能持離別永無會
執手將何時王其愛玉體俱享黃髮期
收淚即長路援筆從此辭

贈丁翼

嘉賓填城闕豐膳出中廚吾與二三子
曲宴此城隅秦箏發西氣齊瑟揚東謳
肴來不虛歸觴至反無餘我豈狎異人

朋友與我俱大國多良材譬海出明珠
君子義休待小人德無儲積善有餘慶
榮枯立可須滔蕩固大節時俗多所拘
君子通大道無願爲世儒

朔風

仰彼朔風用懷魏都願騁代馬倏忽北
徂凱風永至思彼蠻方願隨越鳥翻飛
南翔四氣代謝懸景運周別如俯仰脫

若三秋昔我初遷朱華未希今我旋止
素雪云飛俯降千仞仰登天阻風飄蓬
飛載離寒暑千仞易陟天阻可越昔我
同袍今永乖別子好芳草豈忘爾貽繁
華將茂秋霜悴之君不垂眷豈云其誠
秋蘭可喻桂樹冬榮絃歌蕩思誰與銷
愁臨川慕思何爲泛舟豈無和樂游非
我憐誰忘泛舟愧無榜人

矯志

芳桂雖香難以餌兼尸位素飡難以成
居磁石引鐵於金不連大朝舉士愚不
闇焉抱璧塗乞無爲貴寶履仁遘福無
爲貴道鵷雛遠害不羞卑棲靈虬避難
不耻汙泥都蔗雖甘杖之必折巧言雖
美用之必滅濟濟唐朝萬邦作孚逢蒙
雖巧必得良弓賢主雖智必得英雄螭

螂見歎齊士輕戰越王輕蛙國以死獻道遠知驥世僞知賢覆之壽之順天之矩澤如凱風恵如時雨口爲禁闥舌爲發機門機之關栝矢不追

閨情 二首

攬衣出中閨逍遥步兩楹閑房向寂寥緑草被階庭空穴自生風百鳥翩南征春思安可忘憂戚與君并佳人在遠道

妾身單且煢歡會難再逢芝蘭不重榮
人皆棄舊愛君豈若平生寄松爲女蘿
依水如浮萍齎身奉衿帶朝夕不憒傾
儻終顧眄恩永副我中情
有一美人被服纖羅妖姿艷麗蓊若春
華紅顏韡曄雲髻嵯峨彈琴撫節爲我
弦歌清濁齊均既亮且和取樂今日遑
恤其他

三良

功名不可爲忠義我所安秦穆先下世
三臣皆自殘生時等榮樂既沒同憂患
誰言捐軀易殺身誠獨難攬涕登君墓
臨穴仰天歎長夜何冥冥一往不復還
黃鳥爲悲鳴哀哉傷肺肝

責躬

於穆顯考時惟武皇受命于天寧濟四

方朱旗所拂九土披攘玄化滂流荒服
來王超商越周與唐比蹤篤生我皇奕
世載聰武則肅烈文則時雍受禪于漢
君臨萬邦萬邦既化率由舊章廣命懿
親以藩王國帝曰尔侯君茲青土奄有
海濵方周于魯車服有輝旗章有叙濟
濟儁乂我弼我輔伊尔小子恃寵驕盈
舉挂時網動亂國經作藩作屏先軌是

墮傲我皇使犯我朝儀國有典刑我削
我黜將寘于理元凶是率明明天子時
惟篤類不忍我刑暴之朝肆違彼執憲
哀予小子改封兖邑于河之濱股肱弗
置有君無臣荒淫之闕誰弼余身煢煢
僕夫于彼異方嗟予小子乃罹斯殃赫
赫天子恩不遺物冠我玄冕要我朱紱
光光大使我榮我華剖符授玉王爵是

加仰齒金璽俯執聖策皇恩過隆祗承
怵惕啓我小子頑凶是嬰逝慙陵墓存
愧闕庭匪敢傲德寔恩是恃威靈改加
足以沒齒昊天罔極生命不圖常懼顛
沛抱罪黄壚願蒙矢石建旗東岳庶立
毫氂微功自贖危軀授命知足免戾甘
赴江湘奮戈吴越天啓其衷得會京畿
遲奉聖顏如渴如飢心之云慕愴矣其

悲天高聽卑皇肯照微

情

微陰翳陽景清風飄我衣游魚潛綠水
翔鳥薄天飛眇眇客行士徭役不得歸
始出嚴霜結今來白露晞游子歎黍離
處者歌式微慷慨對嘉賓悽愴內傷悲

姤

嗟爾同衾曾不是志寧彼冶容安此

妬忌

芙蓉池

逍遥芙蓉池翩翩戲輕舟南陽雙西鵠
北柳有鳴鳩

雜詩

悠悠遠行客去家千餘里出亦無所之
入亦無所止浮雲翳日光悲風起動地

言志

慶雲未時興雲龍潛作魚神鸞失其儔
還從燕雀居

曹子建文集卷第五

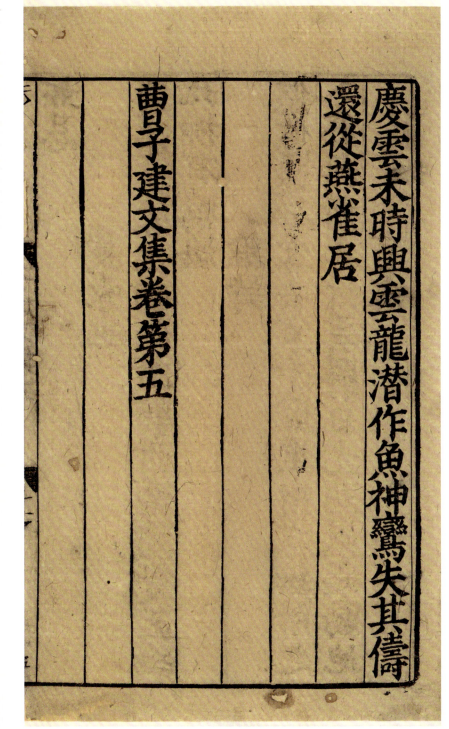

曹子建文集卷第六

箜篌引

置酒高殿上親友從我遊中廚辦豐膳
烹羊宰肥牛秦箏何慷慨齊瑟和且柔
陽阿奏奇舞京洛出名謳樂飲過三爵
緩帶傾庶羞主稱千金壽賓奉萬年酬
久要不可忘薄終義所尤謙謙君子德
磬折何所求驚風飄白日光景馳西流

盛時不再來百年忽我遒生存華屋處
零落歸山丘先民誰不死知命復何憂

升天行二首

乘蹻追術士遠之蓬萊山靈液飛素波
蘭桂上參天玄豹游其下翔鵾戲其巔
乘風忽登舉彷彿見衆仙
扶桑之所出乃在朝陽谿中心陵蒼昊
布葉蓋天涯日出登東榦既夕沒西枝

願得紆陽轡回日使東馳

仙人篇

仙人覽六著對博太山隅湘娥拊琴瑟
秦女吹笙竽玉樽盈桂酒河伯獻神魚
四海一何局九州安所如韓終與王喬
要我於天衢萬里不足步輕舉凌太虛
飛騰踰景雲高風吹我軀迴駕觀紫微
與帝合靈符閶闔正嵯峨雙闕萬丈餘

玉樹扶道生白虎挾門樞驅風遊四海
東過王母廬俯觀五岳間民生如寄居
潛光養羽翼進趨且徐徐不見昔軒轅
升龍出鼎湖徘徊九天上與爾長相須

妾薄命二首

攜玉手喜同車比上雲閣飛除釣臺蹇產
清虛池塘靈沼可娛仰汎龍舟緑波俯擢
神草枝柯想彼宓妃洛河退詠漢女湘娥

日月既逝一作日既逝矣西藏更會蘭室洞房
華燈步障舒光皎若日出扶桑促樽合
坐行觴主人起舞溢盤能者穴觸別端
騰觚飛爵闌干同量等色齊顏任意交
屬所歡朱顏發外形蘭袖隨禮容極情
妙舞仙仙體輕裳解屣遺絕纓俛仰笑
諠無呈覽持佳人玉顏齊舉金爵翠盤
手形羅袖良難腕弱不勝珠環坐者歎

息舒顏御巾裛粉君傍中有霍納都梁
雞舌五味雜香進者何人齊姜恩重愛
深難忘召延親好宴私但歌杯來何遲
客賦既醉言歸主人稱露未晞

白馬篇

白馬飾金羈連翩西北馳借問誰家子
幽并遊俠兒少小去鄉邑揚名沙漠垂
宿昔秉良弓楛矢何參差控弦破左的

右發摧月支仰手接飛猱俯身散馬蹄狡捷過猴猨勇剽若豹螭邊城多警急虜騎數遷移羽檄從北來厲馬登高隄長驅蹈匈奴左顧陵鮮卑棄身鋒刃端性命安可懷父母且不顧何言子與妻名在壯士籍不得中顧私捐軀赴國難視死忽如歸

名都篇

名都多妖女京洛出少年寶劍直千金

被服麗且鮮鬬雞東郊道走馬長楸間
馳驅未能半雙兎過我前攬弓捷鳴鏑
驅上彼南山左挽因右發一縱雙禽連
餘巧未及展仰手接飛鳶觀者咸稱善
衆工歸我妍歸來宴平樂美酒斗十千
膾鯉臇胎鰕炮鱉炙熊蹯鳴儔嘯匹侶
列坐竟長筵連翩擊鞠壤巧捷惟萬端
白日西南馳光景不可攀雲散還城邑

清晨復來還

薤露行

天地無窮極，陰陽轉相因。人居一世間，忽若風吹塵。願得展功勤，輸力於明君。懷此王佐才，慷慨獨不羣。鱗介尊神龍，走獸宗麒麟。虫獸豈知德，何況於士人。孔氏刪詩書，王業粲已分。騁我徑寸翰，流藻垂華芬。

豫章行

窮達難豫圖禍福信亦然虞舜不逢堯
耕耘處中田太公未遭文漁釣終渭川
不見魯孔丘窮困陳蔡間周公下白屋
天下稱其賢

又

鴛鴦自朋親不若比翼連他人雖同盟
骨肉天性然周公穆康叔管蔡則流言

子臧讓千乘季札慕其賢

美女行

美女妖且閑採桑岐路間柔條紛冉冉
落葉何翩翩攘袖見素手皓腕約金環
頭上金爵釵腰佩翠琅玕明珠交玉體
珊瑚間木難羅衣何飄飄輕裾隨風還
顧眄遺光彩長嘯氣若蘭行徒用息駕
休者以忘餐借問女何居乃在城南端

青樓臨大路高門結重關容華耀朝日
誰不希令顔媒氏何所營玉帛不時安
佳人慕高義求賢良獨難衆人徒嗷嗷
安知彼所觀盛年處房室中夜起長歎

艶歌

出自薊北門遥望湖池桑枝枝自相植
葉葉自相當

遊仙

人生不滿百歲歲少歡娛意欲奮六翮
排霧陵紫虛蟬蛻同松喬翻跡登鼎湖
翱翔九天上騁轡遠行遊東觀扶桑曜
西臨弱水流北極登玄渚南翔陟丹丘

五遊詠

九州不足步願得凌雲翔逍遥八紘外
遊目歷遐荒披我丹霞衣襲我素霓裳
華蓋芬菴藹六龍仰天驤曜靈未移景

倏忽造昊蒼閶闔啓丹扉雙闕曜朱光
徘徊文昌殿登陟太微堂上帝伏西欞
羣后集東廂帶我瓊瑤佩漱我沆瀣漿
蜘蹰玩靈芝徙倚弄華芳王子奉仙藥
羨門進奇方服食享遐紀延壽保無疆

梁甫行

八方各異氣千里殊風雨劇哉邊海民
寄身於草野妻子像禽獸行止依林阻

柴門何蕭條狐兎翔我宇

丹霞蔽日行

紂爲昏亂虐殘忠正周室何隆一門三聖牧野致功天亦革命漢祖之興秦階之衰雖有南靣王道陵夷炎光再幽忽滅無遺

怨歌行

爲君既不易爲臣良獨難忠信事不顯

乃有見疑患周旦佐文武金縢功不刊
推心輔王政二叔反流言待罪居東國
泣涕常流連皇靈大動變震雷風且寒
拔樹偃秋稼天威不可干素服開金縢
感悟求其端公旦事既顯成王乃哀歎
吾欲竟此曲此曲悲且長今日樂相樂
別後莫相忘

善哉行

來日大難口燥唇乾今日相樂皆當喜歡經歷名山芝草翩翩仙人王喬奉藥一丸自惜袖短内手知寒慙無靈輒以救趙宣月没參橫北斗闌干親友在門飢不及飡

君子行

君子防未然不處嫌疑間瓜田不納履李下不正冠周公下白屋吐哺不及餐

一沐三握髮後人稱聖賢

平陵東

閶闔開天衢通被我羽衣乘飛龍乘飛龍與仙期東上蓬萊採靈芝靈芝之採之可服食年若王父無終極

苦思行

緑蘿緣玉樹光耀粲相輝下有兩眞人舉翅翻高飛我心何踴躍思欲攀雲追

鬱鬱西岳顛石室青悤與天連中有耆
年一隱士鬚髮皆皓然策杖從我遊教
我要忘言

遠遊篇

遠遊臨四海俯仰觀洪波大魚若曲陵
承浪相經過靈鼇戴方丈神嶽儼嵯峨
仙人翔其隅玉女戲其阿瓊蘂可療飢
仰首吸朝霞崑崙本吾宅中州非我家

将歸謁東父一舉超流沙鼓翼舞時風
長嘯激清歌金石固易弊日月同光華
齊年與天地萬乘安足多

吁嗟篇

吁嗟此轉蓬居世何獨然長去本根逝
宿夜無休閑東西經七陌南北越九阡
卒遇回風起吹我入雲閒自謂終天路
忽然下沉泉驚飈接我出故歸彼中田

當南而更北謂東而反西宕宕當何依
忽亡而復存飄颻周八澤連翩歷五山
流轉無恒處誰知吾苦艱願爲中林草
秋隨野火燔糜滅豈不痛願與株荄連

鰕䱇篇

鰕䱇遊潢潦不知江海流燕雀戲藩柴
安識鴻鵠遊世士誠明性大德固無儔
駕言登五岳然後小陵丘俯觀上路人

勢利是謀讎高念　皇家遠懷柔九州撫劒而雷息猛氣縱橫浮汎泊徒嗷嗷誰知壯士憂

種葛篇

種葛南山下葛藟自成陰與君初婚時結髮恩義深歡愛在枕席宿昔同衣衾竊慕棠棣篇好樂和瑟琴行年將晚暮佳人懷異心恩紀曠不接我情遂抑沈

出門當何顧徘徊步北林下有交頸獸
仰見雙栖禽攀枝長歎息淚下霑羅衿
良馬知我悲延頸代我吟昔爲同池魚
今爲商與參往古皆歡遇我獨困於今
棄置委天命悠悠安可任

浮萍篇

浮萍寄清水隨風東西流結髮辭嚴親
來爲君子仇恪勤在朝夕無端獲罪尤

在昔蒙恩惠和樂如瑟琴何意今摧頹
曠若商與參茱萸自有芳不若桂與蘭
佳人雖成列不若故所歡行雲有反期
君恩儻中還慊慊仰天歎愁心將何愬
日月不恒處人生忽若寓悲風来入帷
淚下如垂露散篋造新衣裁縫紈與素

惟漢行

太極定二儀清濁始以形三光炤八極

天道甚著明爲人立君長欲以遂其生
行仁章以瑞變故誡驕盈神高而聽卑
報若響應聲明主敬細微三季曹天經
二皇稱至化盛哉唐虞庭禹湯繼厥德
周亦致太平在昔懷帝京日昃不敢寧
濟濟在公朝萬載馳其名

當來日大難

日苦短樂有餘乃置玉罇辦東厨廣情

故心相於闔門置酒和樂欣欣遊馬後
來表車解輪今日同堂出門異鄉别易
會難各盡杯觴

野田黄雀行

高樹多悲風海水揚其波利劒不在掌
結友何須多不見籬間雀見鷂自投羅
羅家得雀喜少年見雀悲拔劒捎羅網
黄雀得飛飛飛飛磨蒼天來下謝少年

門有萬里客

門有萬里客問君何鄉人褰裳起從之果得心所親挽裳對我泣太息前自陳本是朔方士今爲吳越民行行將復行去去適西秦

怨歌行一首七解晋曲所奏

明月照高樓流光正徘徊上有愁思婦悲歎有餘哀一解借問歎者誰自云客子

妻夫行踰十載賤妾常獨棲解二念君過
於渇思君劇於飢君爲高山柏妾爲濁
水泥解三北風行蕭蕭烈烈入吾耳心中
念故人淚墮不能止解四沈浮各異路會
合當何諧願作東北風吹我入君懷解五
君懷常不開賤妾當何依恩情中道絶
流止任東西解六我欲竟此曲此曲悲且
長今日樂相樂別後莫相忘解七

桂之樹行

桂之樹桂之樹桂生一何麗佳揚朱華而翠葉流芳布天涯上有栖鸞下有盤螭桂之樹得道之真人咸來會講仙教爾服食日精要道甚省不煩澹泊無爲自然乘蹻萬里之外去留隨意所欲存高高上際於衆外下下乃窮極地天

當牆欲高行

龍欲升天須浮雲人之仕進待中人衆口可以鑠金讒言三至慈母不親憒憒俗間不辨僞眞願欲披心自說陳君門以九重道遠河無津

當欲遊南山行

東海廣且深由卑下百川五岳雖高大不逆垢與塵良木不十圍洪條無所因長者能博愛天下寄其身大匠無棄材

船車用不均錐刀各異能何所獨却前
嘉善而矜愚大聖亦同然仁者各壽考
四坐咸萬年

當事君行

人生有所貴尚出門各異情朱紫更相
奪色雅鄭異音聲好惡隨所愛增追舉
逐虛名百心可事一君巧詐寧拙誠

當車已駕行

坐玉殿會諸貴客侍者打觴主人離席
顧視東西箱絲竹與鞞鐸不醉無歸來
明燈以繼文

飛龍篇

晨遊泰山雲霧窈窕忽逢二童顏色鮮
好乘彼白鹿手翳芝草我知真人長跪
問道西登玉堂（一作臺）金樓複道授我仙
藥神皇所造教我服食還精補腦壽同

金石永世難老

盤石篇

盤石山巔石飄颻澗底蓬我本太山人
何爲客淮東藋葭彌斥土林木無分重
岸巖若崩缺湖水何洶洶蚌蛤被濱涯
光彩如錦虹高彼淩雲霄浮氣象螭龍
鯨羙若丘陵鬚若山上松呼吸吞船欐
澎濞戲中鴻方舟尋高價珍寳麗以通

一舉必千里乘颸舉帆幢經危履險阻
未知命所鍾常恐沈黃壚下與黿鼉同
南極蒼梧野遊眄窮九江中夜指參辰
欲師當定從仰天長太息思想懷故邦
乗桴何所志于嗟我孔公

驅車篇

驅車撣駑馬東到奉高城神哉彼太山
五嶽專其名隆高貫雲霓嵯峨出太清

周流二六候間置十二亭上有涌醴泉
玉石揚華英東北望吳野西眺觀日精
竜神所繫屬逝者感斯征王者以歸天
効厥元功成歷代無不遵禮記有品程
探策或長短唯德享利貞封者七十帝
軒皇元獨靈飡霞漱沆瀣毛羽被身形
發舉蹈虛廓徑廷升窈冥同壽東父年
曠代永長生

曹子建文集卷第六

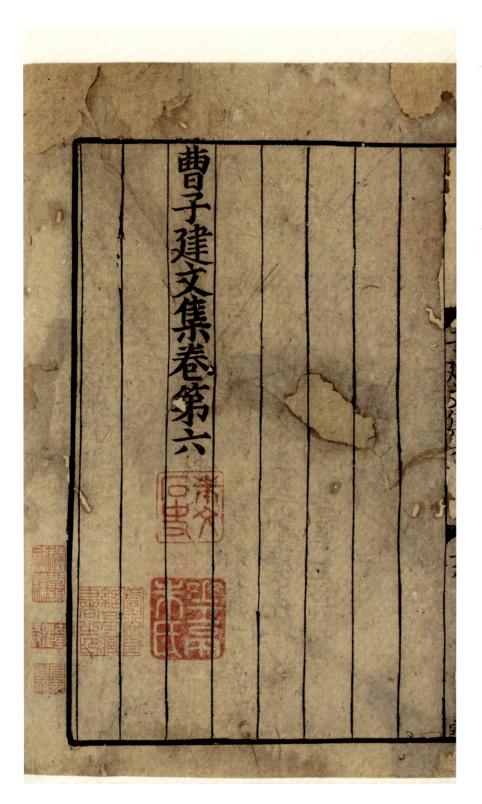

曹子建文集卷第七

皇子生頌

於聖我后憲章前志克纂二皇三靈昭事祗肅郊廟明德敬忌潜和積石鍾天之釐嘉月令辰篤生聖嗣慶由一人萬國作嘉喁喁萬國岌岌羣生禀命我后綏之則榮長爲臣職終天之經仁聖奕代永載明明同年上帝休祥淑禎藩臣

作頌光流德聲吁嗟卿士祗承予聽

玄俗頌

玄俗妙識飢餌神藾在陰倐遊即陽無景逍遥北岳淩霄引領揮霧昊天含神自静

母儀頌

殷湯令妃有莘之女仁教内脩度義以勵清謐后宫九嬪有序伊爲媵臣遂作

元輔

明賢頌

於鑠姜后光配周宣非義不動校禮不言晏起失朝永巷告愆王用勤政萬國以虔

孔子廟頌

修復舊廟豐其甍宇莘莘學徒爰居爰處王教既備羣小遄沮魯道以興永作

憲矩洪聲登遐神祇來祐休徵雜沓瑞
我邦家內光區域外被荒遐

學官頌

自五帝典絕三王禮廢應期命世齊賢
等聖者莫高於孔子也故有若曰出乎
類拔乎萃誠所謂性與天道不可得而
聞矣由也務學名在前志宰予晝寢糞
土作誡過庭子弟詩禮明記歌以詠言

文以騁志予今不述后賢曷識於鑠尼父生民之傑性與天成該聖備藝德倫三五配皇作烈玄鏡獨鑒神明昭晰仁塞宇宙志凌雲霓覺學者三千莫不俊乂唯仁是憑惟道足恃鑚仰彌高請益不已

社頌

於惟太社官名后土是曰勾龍功著上

古德配帝皇寔爲靈主克明播植農正
曰社尊以作稷豐年是與義與社同方
神北宇建國承家莫不攸叙

宜男花頌

草號宜男既曄且貞其貞伊何惟乾之
嘉其曄伊何緑葉丹花光采晃曜配彼
朝日君子耽樂好和琴瑟固作螽斯微
立孔臧福齊大姒永世克昌

冬至獻襪頌

玉趾既御履和蹈貞行與祿邁動以祥并南闕北戶西巡王城翱翔萬域聖體浮輕

庖犧贊

木德風姓八卦創焉龍瑞名官法地象天庖廚祭祀罟網魚畋琴瑟以像時神通玄

女媧贊

古之國君造簧作笙禮物未就軒轅纂成或玄二皇人首蛇形神化七十何德之靈

神農贊

少典之胤火德成木造爲耒耜導民播穀正爲雅琴以暢風俗

黄帝贊

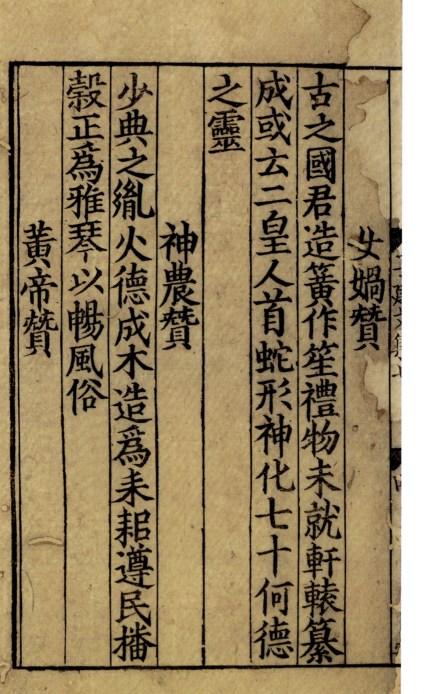

少典之孫神明聖哲土德承火赤帝是
滅服牛乘馬衣裳是制雲氏名官功冠
五列

少昊贊

祖自軒轅青陽之裔金德承土儀鳳帝
世官鳥號名殊職別系農正扈氏各有
品制

顓頊贊

昌意之子祖有軒轅始誅九黎水德統天以國爲號風化神宣威暢八極靡不祇虔

帝嚳贊

祖自軒轅玄囂之裔生言其名木德帝世撫寧天地神聖靈察教弭四海明並日月

帝堯贊

火德統位父則高辛克平共工萬國同塵調適陰陽其惠如春巍巍成功配天則神

帝舜贊

顓頊之族重瞳神聖克協頑嚚應唐涖政除凶舉俊以齊七政應曆受禪顯天之命

夏禹贊

吁嗟天子拯世濟民克卑宮室致孝鬼神蔬食薄服黻冕乃新厥德不回其誠可親亹亹其德温温其人尼稱無間何德之純

殷湯贊

殷湯代夏諸侯振仰放桀鳴條南面以王桑林之禱炎災克償伊尹佐治可謂賢相

湯禱桑林贊

惟殷之世炎旱七年湯禱桑林祈福于天翦髮離爪自以爲牲皇靈感應時雨以零

周文王贊

於赫聖德寔惟文王三分有二猶服事商化加虞芮傍暨四方王業克昭武嗣遂光

周武王贊

桓桓武王繼世滅殷咸任尚父且作商臣功加四海救世濟民天下宗周萬國是賓

周公贊

武王即位年尚幼稚周公居攝四海慕利罰叛柔服祥應仍至誦長反政達夫忠義

周成王贊

成王繼武賢聖保傅年雖幼稚岐嶷有素初疑周公終焉克寤旦奭佐治遂致刑錯

漢文帝贊

孝文即位愛物儉身驕吳撫越匈奴和親納諫赦罪以德讓民殆至刑錯萬國化淳

漢武帝贊
世宗光光文武是攘威震百蠻恢拓土
疆簡定律曆辨修舊章封天禪土功越
百王
漢景帝贊
景帝明德繼文之則肅清王室克滅七
國省役薄賦百姓殷昌風移俗易齊美
成康

姜嫄簡狄贊

嚳有四妃子皆爲王帝摯且崩堯承天綱玄鳥大跡殷周美祥稷契旣生翊化虞唐

班婕好贊

有德有言寔惟班婕盈冲其驕窮悦其厭在漢衷貞在晉正棲臨飈端幹衝霜振葉

禹妻贊

禹妻塗山土功是急惟啓之生過門不入矯達明義勳庸是執成長望嗣大禄以襲

吹雲贊

天地變化是生神物吹雲吐潤浮雲蓊鬱

赤雀贊

西伯積德天命攸顧赤雀銜書爰集昌戸瑞爲天使和氣所致嗟爾後王昌期而至

漢高帝贊

屯雲斬蛇靈母告祥朱旗既抗九野披攘禽嬰克羽掃滅英雄承功帝世功若武湯

巢父贊

堯禪許由巢父是恥穢其溷聽臨河洗耳池主是讓以水爲濁嗟此三士清足厲俗

務光贊

湯將伐桀謀於下子既克讓位隨以爲恥薄於殷世著自汙已自投頴水清風邈矣

商山四皓贊

嗟爾四皓避秦隱形劉項之爭養志弗營不應朝聘保節全貞應命太子漢嗣以寧

三鼎贊

鼎質文精古之神器黃帝是鑄以像太上能輕能重知凶識吉世衰則隱世和則出

承露盤銘 并序

明帝鑄承露盤莖長十二丈本圍上盤徑四尺下盤徑五尺銅龍繞其根龍身長一丈背負兩子自立於芳林園甘露乃降使王爲頌銘銘曰

岧岧承露峻極太清神君礧磈洪基岳停下潛醴泉上受雲英和氣四充翔風所經匪我明君孰能經營近歷閶度三光朗明殊俗歸義祥瑞混并鸞鳳晨棲

甘露霄零神明攸協高而不傾奉戴巍巍恭統神器固若露盤長存永貴賢聖繼跡奕世明德不忝先功保兹皇極垂祚億兆永荷天秩

寶刀銘

造兹寶刀既礱既礪匪以尚武予身是衛麟角是觸鸞距匪蹶

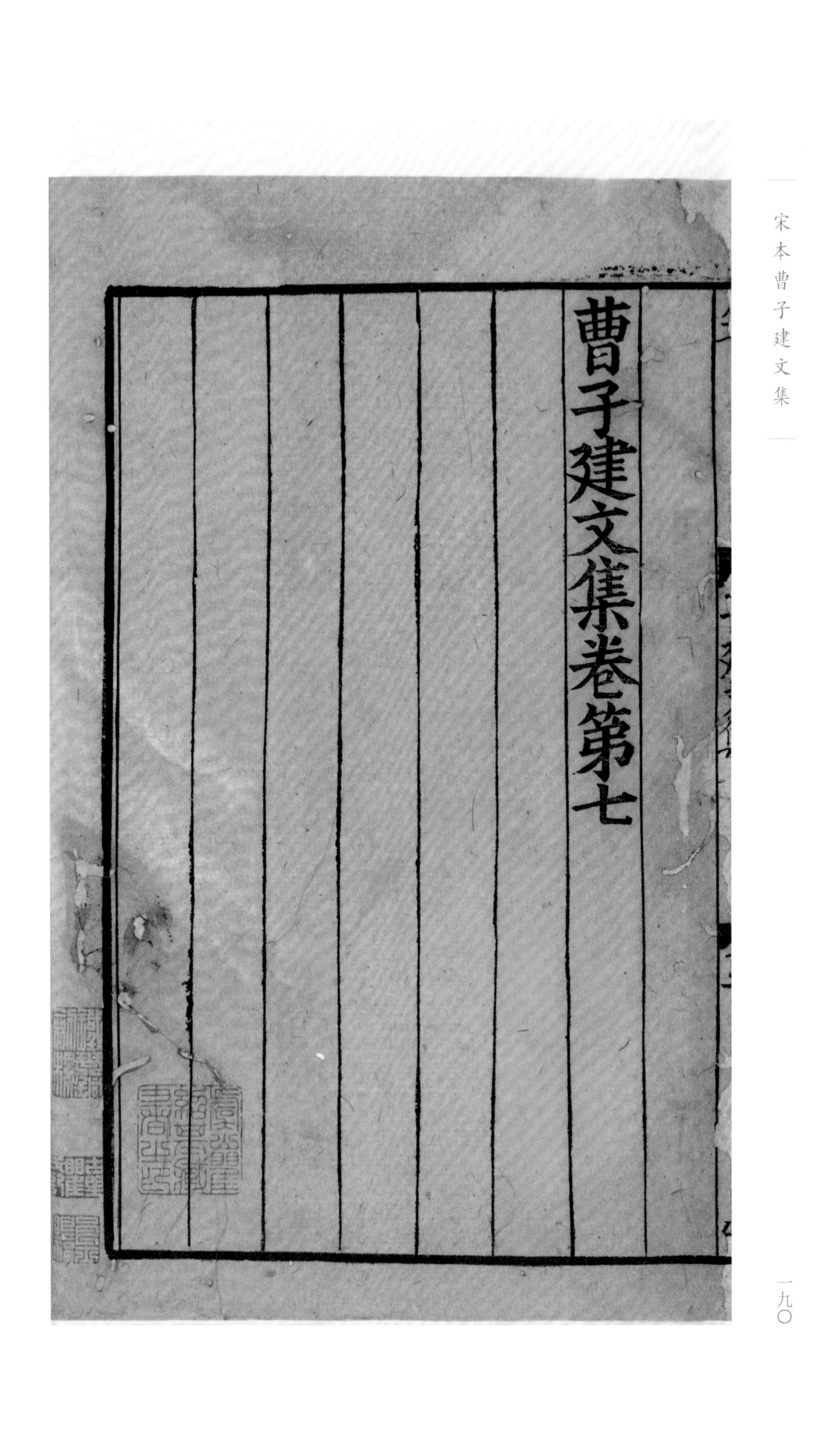

曹子建文集卷第七

曹子建文集卷第八

改封陳王謝恩章

臣既獘陋守國無効自分出削以彰衆誠不意天恩滂霈潤澤横流猥蒙加封茅土既優爵賞必重非臣虛淺所宜奉受非臣灰身所能報荅

封二子爲公謝恩章

詔書封臣息男苗爲高陽鄉公志爲穆

鄉公臣伏自惟文無升堂廟勝之功武無摧鋒接刃之効天時運幸得生貴門過以親戚少荷光寵竊位列侯榮曜當世顧影慙形流汗反側洪恩罔極雲雨增加既榮本幹枝葉并蒙苗志小竪既頑且稚猥荷列爵並佩金紫施崇所加惠及父子

初封安鄉侯表

臣抱罪即道憂惶恐怖不知刑罪當所限齊陛下哀愍臣身不聽有司所執待之過厚即日於延津受安鄉侯印綬奉詔之日且懼且悲懼於不修始違憲法悲於不慎速此貶退上增陛下垂念下遺太后見憂臣自知罪深責重受恩無量精魂飛散忘軀殞命云

謝妻改封表

璽書今以東阿王妃爲陳王妃并下印綬因故上前所假印以其拜授書以即日到臣輒奉詔拜其才質低下謬同受私遇寵素飡臣爲其首陛下體乾坤育物之德東海含容之大乃復隨例顯封大國光揚章灼非臣負薪之才所宜克當非臣穢釁所宜蒙獲夙夜憂歎念報罔極洪施遂隆既榮枝幹猥復正臣妃

爲陳妃光耀宣朗非妾婦惷愚所當蒙
被葵藿草物猶感恩養況臣含氣銜佩
弘惠没而後已誠非翰墨屢辭所能

自試表

臣聞士之羨永生者非徒以甘食麗服
宰割萬物而已將有以補益群生尊主
惠民使功存於竹帛名光於後嗣今臣

文不昭於俎豆武不習於干戈而竊位
藩王施禄東夏消損天日無益聖朝淮
南尚有山竄之賊吴會猶有潛江之虜
使戰士未獲歸於農畝五兵未得戢於
武庫蓋論者不恥謝善戰者不羞去夫
凌雲者泥蟠者也後申者先屈者也是
以神龍以爲德尺蠖以昭義昔湯事葛
文王事犬夷固仁者能以大事小若陛

下明哲之使繼能陸賈之蹤者使之江南發愷悌之詔張日月之信開以降路權必奉承聖化斯不疑也

謝賜柰表

即夕殿中虎賁宣詔賜臣等冬柰一奩柰以夏熟今則冬生物以非時爲珍恩以絶口爲厚非臣等所宜荷之

求自試表 二首

臣植言臣聞士之生世入則事父出則事君事父尚於榮親事君貴於興國故慈父不能愛無益之子仁君不能畜無用之臣夫論德而授官者成功之君也量能而受爵者畢命之臣也故君無虛授臣無虛受虛授謂之謬舉虛受謂之尸祿詩之素飡所由作也昔二虢不辭兩國之任其德厚也旦奭不讓燕魯之

封其功大也今臣蒙國重恩三世于今矣正值陛下外平之際沐浴聖澤潜潤德教可謂厚幸矣而竊位東藩爵在上列身被輕煖口厭百味目極華靡耳倦絲竹者爵重祿厚之所致也退念古之受爵祿者則異於此皆以功勤濟國輔主惠人今臣無德可述無功可紀若此終年無益國朝將挂風人彼已之譏是

以上慙玄冕俯愧朱紱方今天下一統
九州晏如顧西尚有違命之蜀東有不
臣之吴使邊境未得脫甲謀士未得高
枕者誠欲混同宇内以致大和也故啓
滅有扈而夏功昭成克商奄而周德著
今陛下以聖明統世將欲卒文武之功
繼成康之隆簡賢授能以方叔邵虎之
臣鎮衛四境爲國爪牙者可謂當矣然

而高鳥未挂於輕繳淵魚未懸於鉤餌者恐鈎射之術或未盡也昔耿弇不俟光武亟擊張步言不以賊遺於君父故車右伏劍於明轂雍門刎首於齊境若此二子豈惡生而尚死哉誠忿其慢主而凌君也夫君之寵臣欲以除患興利臣之事君必殺身靜亂以功報主也昔賈誼弱冠求試屬國請係單于之頸而

制其命終軍以妙年使越欲得長纓纓其王羈致北闕此二臣者豈好爲夸主而曜世俗哉志或鬱結欲逞其才力輸能於明君也昔漢武謂霍去病治第辭曰匈奴未滅臣無以家爲夫憂國忘家捐軀濟難忠臣之志也今臣居外非不厚也而寢不安席食不遑味者以二方未尅爲念伏見先帝武臣宿兵年耆即

世者有聞矣雖賢不乏世宿將舊卒由習戰也竊不自量志在授命庶立毛髮之功以報所受之恩若使陛下出不世之詔効臣雖刀之用使得西屬大將軍當一校之隊若東屬大司馬統扁舟之任必乘危蹈險騁舟奮驪突刃觸鋒爲士卒先雖未能擒權馘亮庶將虜其雄率殲其醜類必効須臾之捷以滅終身之

愧使名挂史筆事列朝榮雖身分蜀境
首懸吳闕猶生之年也如微才弗試沒
世無聞徒榮其軀而豐其體生無益於
事死無損於數虛荷上位而忝重祿禽
息鳥視終於白首此徒圈牢之養物非
臣之所志也流聞東軍失備師徒小衄
輟食弃餐奮袂攘衽撫劍東顧而心已
馳於吳會矣臣昔從先武皇帝南極赤

岸西望玉門北出玄塞伏見所以行師用兵之勢可謂神妙也故兵者不可預言臨難而制變者也志欲自効於明時立功於聖世每覽史籍觀古忠臣義士出一朝之命以徇國家之難身雖屠裂而功名著於景鍾名績垂於竹帛未嘗不撫心而歎息也臣聞明主使臣不廢有罪故奔北敗軍之將用而秦魯以成其

功絶纓盜馬之臣赦而楚趙以濟其難臣竊感先帝早崩威王弃世臣獨何人以堪長久常恐先朝露填溝壑墳土未乾而身名並滅臣聞騏驥長鳴伯樂昭其能盧狗悲號韓國知其才是以効之齊秦之路以逞千里之任試之狡兎之捷以驗搏噬之用今臣志狗馬之微功竊自惟度終無伯樂韓國之舉是以於

邑而竊自痛者也夫臨慱而企竦聞樂而竊抃者或有賞音而識道也昔毛遂趙之陪隸猶假錐囊之喻以寤主立功何況巍巍大魏多士之朝而無慷愷死難之臣乎夫自衒自媒者貞女之醜行也于時求進者道家之明忌也而臣敢陳聞於陛下者誠與國分形同氣憂患共之者也冀以塵霧之微補益山海熒

燭末光增輝日月是以敢冒其醜而獻
其忠知必爲朝士所笑聖主不以人廢
言伏惟陛下少垂神聽臣則幸矣

又

五帝之世非皆智三季之末非皆愚用
與不用知與不知也夫相者文德昭者
也將者武功烈者也文德昭則可以匡
國朝敍百揆稷契夔龍是矣武功烈則

可以征不庭廣邦境南仲方叔是也昔伊尹之爲媵臣至賤也呂尚之處漁釣至陋也及其見舉於湯文誠合志同豈復假近習之薦因左右之介哉發騏驥於吴坂可謂困矣及其伯樂相之孫子御之形體不勞而坐取千里伯樂善御馬明君善御臣誠任賢使能之明効也昔段干木修德於閭閻秦功爲之輟攻

而文侯以安穰苴授節於邦境燕晉爲之退師而景公無患皆簡德尊賢之所致也願陛下垂高宗傅巖之明以顯中興之功

諫伐遼東表

臣伏以遼東負阻之國勢便形固帶以遼海今輕軍遠攻師疲力屈彼有其備所謂以逸待勞以飽待飢者也以臣觀

之誠未易攻也若國家攻而必尅屠襄
平之城懸公孫之首得其地不足以償
中國之費虜其民不足以補三軍之失
是我所獲不如所喪也若其不拔曠日
持久暴師於野然天時不測水濕無常
彼我之兵連於城下進則有高城深池
無所施其功退則有歸塗不通道路纖
好東有待舋之吴西有伺隙之蜀吴越

東南則荆揚騷動蜀應西境則雍涼三分兵不解於外民罷困於内促耕不解其飢疾蠶不救其寒夫渴而後穿井飢而後殖種可以圖遠難以應卒也臣以爲當今之務在於省徭役薄賦斂勤農桑三者既備然後令伊管之臣得施其術孫吳之將得奮其力若此則太平之基可立而待康哉之歌可坐而聞曾何

憂於二敵何懼於公孫乎今不恤邦畿之内而勞神於蠻貊之域竊爲陛下不取也

獻璧表

臣聞王不隱瑕臣不隱情伏知所進非和民之璞萬國之幣璧爲充貢

獻文帝馬表

臣於先武皇帝世得大宛紫騂馬一疋

形法應圖善持頭尾教令習拜令輙已能又能行與鼓節相應謹以表奉獻

上牛表

臣聞物以洪珍細亦或貴故不見僬僥之微不知泱漭之泰不見果下之乘不別龍馬之大高下相懸所以致觀也謹奉牛一頭不足追遵大小之制形少有殊敢不獻上

謝鼓吹表

許以簫管之樂榮以田遊之嬉陛下仁重有虞恩過周旦濟世安宗寔在聖德

求通親親表

臣植言臣聞天稱其高者以無不覆地稱其廣者以無不載日月稱其明者以無不照江海稱其大者以無不容故孔子曰大哉堯之爲君惟天爲大惟堯則

之夫天德於萬物可謂弘廣矣蓋堯之
爲教先親後踈自近及遠其傳曰克明
俊德以親九族九族既睦平章百姓及
周文王亦崇厥化其詩曰刑于寡妻至
于兄弟以御于家邦是以雍雍穆穆風
人詠之昔周公弔管蔡之不咸廣封懿
親以藩屏王室傳曰周之宗盟異姓爲
後成骨肉之恩爽而不離親親之義寔

在敦固未有義而後其君仁而遺其親者也伏惟陛下資帝唐欽明之德體文王翼翼之世恵洽椒房恩昭九族群臣百寮番休遞上執政不廢於公朝下情得展於私室親理之路通慶弔之情展誠可謂恕已治人推恵施恩者矣至於

臣者人道絶緒禁固明時臣切自傷也不敢乃望交氣類修人事叙人倫近且

婚媾不通兄弟永絕吉凶之問塞慶弔
之禮廢恩紀之違甚於路人隔閡之異
殊於胡越今臣以一切之制永無朝覲
之望至於注心皇極結情紫闥神明知
之矣然天實爲之謂之何哉退惟諸王
常有戚戚具爾之心願陛下沛然垂詔
使諸國慶問四節得展以敘骨肉之歡
恩全怡怡之篤義妃妾之家膏沐之遺

歲得再通齊義於貴宗等惠於百司如
此則古人之所歎風雅之所詠復存於
聖世矣臣伏自惟省無錐刀之用及觀
陛下之所拔授若以臣爲異姓竊自料
度不後於朝士矣若得辭遠遊戴武弁
解朱組佩青紱駙馬奉車輙得一號安
宅京室執鞭珥筆出從華蓋入侍輦轂
承荅聖問拾遺左右乃臣丹情之至願

不離於夢想者也遠慕鹿鳴君臣之宴中詠棠棣匪他之誡下思伐木友生之義終懷蓼莪罔極之哀每四節之會塊然獨處左右唯僕隸所對唯妻子高談與所陳發義無所與展未嘗不聞樂而拊心臨觴而歎息也臣伏以爲犬馬之誠不能動人譬人之誠不能動天崩城隕霜臣初信之以臣心況徒虚語耳若葵

藿之傾葉太陽雖不爲回光然向之者誠也臣竊自比葵藿若降天地之施垂三光之明者寔在陛下臣聞文子曰不爲福始不爲禍先今之冗隔反于同憂而臣獨唱言者切不顧於聖世使有不蒙施之物有不蒙施之物必有慘毒之懷故柏舟有天只之怨谷風有弃予之歎伊尹恥其君不爲堯舜孟子曰不以

舜之所以事堯事其君者不敬其君也
臣之愚蔽固非虞伊至於欲使陛下崇
光被時雍之美宣緝熙章明之德者是
臣慺慺之誠切所獨守寔懷鶴立企佇
之心敢復陳聞者冀陛下儻發天聰而
垂神聽也

慶文帝受禪章

陛下以聖德龍飛順天革命允答神符

誕作民主乃祖先後積德累仁世濟其美以暨於先王勤恤民隱劬勞戮力以除其害經營四方不遑啓處是用隆茲福慶光啓于魏下承統業纘戎前緒克廣德音綏靜內外紹先周之舊跡襲文武之懿德保大定功海內爲一豈不休哉

慶文帝受禪章

陛下以明聖之德受天顯命良辰即祚

以臨天下洪化宣流洋溢宇内是以溥
天率土莫不承風欣慶執贄奔走奉賀
闕下況臣親體至戚懷歡踊躍

上卞太后誄

大行皇太后資坤元之性體載物之仁
齊美姜嫄等德任姒佐政内朝惠加四
海草木荷恩含氣受潤庶鍾元吉承青
萬祚何圖一旦早弃明朝背絶臣庶悲

痛靡告臣聞名以述德誄尚及哀是以
冒越諒闇之禮作誄一篇知不足讚揚
明貴以展臣慕義之思憂荒情散不足
觀采晉左九嬪上元皇后誄表曰伏惟
聖善宣慈仁洽六宫含弘光大德潤四
海竊聞之前志卑不誄尊少不誄長揚
雄臣也而誄漢后班固子也而誄其父
皆以述揚景行顯之竹帛豈所謂三代

不同禮隨時而作者乎

黄初五年令

夫遠不可知者天也近不可知者人也傳曰知人則哲堯猶病諸諺曰人心不同其若面焉唯女子與小人爲難養也近之則不遜遠之則怨詩云憂心悄悄慍于群小自世間人或受寵而背恩或無故而入叛違顧左右曠然無信大嚼

者咋斷其舌右手執斧左手執鉞傷夷一身之中尚有不可信況於人乎唯無深瑕潛釁隱過匿慝乃可以爲人諺曰穀千駑不如養一驢穀駑養虎大無益也知韓昭侯之弊袴良有以也使臣有三品有可以仁義化者有可以恩惠驅者不足以導之則當以刑罰復不足以率之則明所以不畜故唐堯至仁不能

容無益之子湯武至聖不能養無益之
臣九折臂知爲良醫吾知所以待下矣
諸吏各敬爾在位孤推一槩之平功之
宜賞於疏必與罪之宜戮在親不赦此
令之行有若皎日於戲群臣其覽之哉
又黄初六年令曰輕身體於鴻毛而謗
重於泰山賴蒙帝主天地之仁違百寮
之典議舍三千之首戾反我舊居襲我

初服雲雨之施焉有量哉孤以何功而納斯貺富而不忝寵至不驕者則周公其人也孤小人爾身更以榮爲戚何者將恐簡易之尤出於細微脫爾之愆一朝復露也故欲修吾往業守吾初志欲使皇帝恩在摩天使孤心常存地將以全陛下厚德究孤犬馬之年此難能也然固欲行衆之難詩曰德輶如毛鮮克

舉之此之謂也

上責躬詩表

臣植言臣自抱𨋩歸藩刻肌刻骨追思罪戾晝分而食夜分而寢誠以天綱不可重罹聖恩難可再恃切感相鼠之篇無禮遄死之儀形影相吊五情愧赧以罪弃生則爲古賢夕改之勸忍垢苟全則犯詩人胡顏之譏伏惟陛下德象天

地恩隆父母施暢春風澤如時雨是以不別荆棘者慶雲之惠也七子均養者鳲鳩之仁也舍罪責功者明君之舉也矜愚愛能者慈父之恩也是以愚臣徘徊於恩澤而不敢自弃者也前奉詔書臣等絶朝心離志絶自分黄耇永無執珪之望不圖聖詔猥垂齒召至止之日馳心輦轂僻處西館未奉闕庭踊躍之

懷瞻望反側不勝犬馬戀主之情謹拜
表并獻詩二首詞旨淺末不足採覽貴
露下情冒顔以聞臣植誠惶誠恐頓首
頓首死罪死罪

龍見表

臣聞鳳皇復見於鄴南黄龍雙出於清
泉聖德至理以致嘉瑞將棲鳳於林囿
龍於池爲百姓旦夕之所觀

冬至獻襪頌表

伏見舊儀國家冬至獻履貢襪所以迎福踐長先臣或爲之頌臣既玩其嘉藻願述朝慶千載昌期一陽嘉節四方交泰萬物昭蘇亞歲迎祥履長納慶不勝感節情繫帷幄拜表奉賀并獻紋履七量襪若干副上獻以聞謹獻

上先帝賜鎧表

先帝賜臣鎧黑光明各一領兩當鎧一
領今代以平兵革無事乞悉以付鎧曹
自理

新雕曹子建文集卷第八

曹子建文集卷第九

誥咎文

曰五行致災先史咸以爲應政而作天地之氣自有變動未必政治之所興致也于時大風發屋拔木意有感焉聊假六帝之命以誥咎祈福其辭曰

上帝有命風伯雨師夫風以動氣雨以潤時陰陽協和氣物以滋亢陽害苗暴

風傷條伊周是過在湯斯遭桑林既禱
慶雲克舉偃禾之復姬公去楚況我皇
德承天統民禮敬川岳祗肅百神享茲
元吉釐福日新至若炎旱赫羲飈風扇
發嘉卉以委良木以拔何谷宜填何山
應伐何靈宜論何神宜謁於是五靈振
悚皇祇赫怒招搖驚怯攙搶奮斧河伯
典澤屏翳司風古呵飛厲顧叱風隆息

飈遏㬎元勑華嵩慶雲是輿効厥豐年
遂乃沈陰坱圠甘澤微微雨我公田爰
暨予私黍稷盈疇芳草依依靈禾重穗
生彼邦畿年登歲豐民無餒飢

釋愁文

予以愁慘行吟路邊形容枯悴憂心如
醉有玄靈先生見而問之曰子將何疾
以至於斯荅曰吾所病者愁也先生曰

愁是何物而能病子乎答曰愁之爲物惟惚惟怳不召自來推之弗往尋之不知其際握之不盈一掌寂寂長夜或群或黨去來無方亂我精爽其來也難進其去也易追臨飡困於哽咽煩寃毒於酸嘶加之以粉飾不澤飲之以兼肴不肥温之以金石不消摩之以神膏不希授之以巧笑不悦樂之以絲竹增悲醫

和絶思而無措先生豈能爲我著龜乎先生作色而言曰予徒辯子之愁形未知子愁所由而生我獨爲子言其發矣今大道既隱子生末季沉溺流俗眩惑名位濯纓彈冠諂趣榮貴坐不安席食不終味遑遑汲汲或憔或悴所鶩者名所拘者利良由華薄雕損正氣吾將贈子以無爲之藥給子以淡薄之湯刺子

以玄虛之針灸子以淳朴之方安子以
恢廓之宇坐子以寂寞之床使王喬與
子而逝黃公與子詠歌而行莊生與子
具養神之饌老聃與子致愛性之方趣
避路以棲跡乘輕雲以翱翔於是精駭
寬散改心回趣願納至言仰崇玄度衆
愁忽然不辭而去

七啓

昔枚乘作七發傅毅作七激張衡作七
辨崔駰作七依辭各美麗余有慕之焉
遂作七啓并命王粲作焉玄微子隱居
大荒之庭飛遯離俗澄神定靈輕祿傲
貴與物無營耽虛好靜羨此永生獨馳
思乎天雲之際無物象而能傾於是鏡
機子聞而將往說焉駕超野之駟乘追
風之輿經迥塻出幽墟入乎泱漭之野

遂屆玄微子之所居其居也左激水右
高岑背洞壑對芳林冠皮弁被文裘出
山岫之潛穴倚峻巖而嬉遊志飄飄焉
嶢嶢焉似若狹六合而隘九州若將飛
而未遊若舉翼而中留於是鏡機子攀
葛藟而登距巖而立順風而稱曰予聞
君子不遯俗而遺名智士不背世而滅
勳今吾子弃道藝之華遺仁義之英耗

精神乎虛廓廢人事之紀經譬若畫形於無象造響於無聲未之思乎何所規之不通也玄微子俯而應之曰嘻有是言乎夫太極之初渾沌未分萬物紛錯與道俱隆蓋有形必朽有跡必窮芒芒元氣誰知其終名織我身位累我躬竊慕古人之所志仰莊老之遺風假靈龜以託喻寧掉尾於塗中鏡機子曰夫辨

言之艷能使窮澤生流枯木發榮庶感靈而激神况近在乎人情僕將爲君子說游觀之至娛演聲色之妖靡論變巧之至妙敷道德之弘麗願聞之乎玄微子曰吾子整身倦世探隱拯沈不遠遐路幸見光臨將敬滌耳以聽玉音鏡機子曰芳菰精稗霜蓄露葵玄熊素膚肥豢穠肌蟬翼之割剖纖析微累如疊縠

離若散雪輕隨風飛刃不轉切山鵽斥
鷃珠翠之珍搴芳蓮之巢龜膾西海之
飛鱗臛江東之潛鼉臇漢南之鳴鶉糅
以芳酸甘和既醇玄冥適鹹蓐收調辛
紫蘭丹椒施和必節滋味既殊遺芳射
越乃有春清縹酒康狄所營應化則變
感氣而成彈徵則苦發扣宮則甘生於
是盛以翠樽酌以雕觴浮蟻鼎沸酷烈

馨香可以和神可以娛腸此肴饌之妙
也子能從我而食之乎玄微子曰予甘
藜藿未暇此食也鏡機子曰步光之劒
華藻繁縟飾以文犀雕以翠緑綴以驪
龍之珠錯以荆山之玉陸斷犀象未足
稱雋隨波截鴻水不漸刃九旒之冕散
曜垂文華組之纓從風紛紘佩則結緑
懸黎寶之妙微符采照爛流景揚煇黼

黻之服紗縠之裳金華之爲動趾遺光繁飾參差微鮮若霜緄佩綢繆或彫或錯薰以幽若流芳肆布雍容閑步周旋馳曜南威爲之解顏西施爲之巧笑此容飾之妙也子能從我而服之乎玄微子曰予好毛褐未暇此服也鏡機子曰馳騁足用蕩思遊獵可以娛情僕將爲吾子駕雲龍之飛駟飾玉輅之繁纓垂

宛虹之長緌抗招搖之華旍持忘歸之
矢秉繁弱之弓忽躡景而輕騖逸奔驥
而起遺風於是磎填谷塞榛藪平夷緣
山置罝彌野張罘下無漏跡上無逸飛
鳥集獸屯然後會圍獠徒雲布武騎霧
散丹旗燿野戈殳皓旰曳文狐掩狡兎
捎鸕鶿拂振鷺當軌見藉值足遇踐飛
軒電逝獸隨輪轉翼不暇張足不及騰

動觸飛鋒舉挂輕罾搜林索險探薄窮
阻騰山赴壑風厲焱舉機不虛發中必
飲羽於是人稠網密地脅勢逼哮闞之
獸張牙奮鬣志在觸突猛氣不慴乃使
北宫東郭之疇生抽豹尾分裂貙肩形
不抗手骨不隱拳批熊碎掌拉虎推斑
野無毛類林無羽群積獸如陵飛翮成
雲於是駭鍾鳴鼓收旌弛旆頓網縱綱

罷獠回邁駿騄齊驤揚鑾飛沫俯倚金較仰撫翠蓋雍容暇豫娯志方外此羽獵之妙也子能從我而觀之乎玄微子曰余性樂恬靜未暇此觀也鏡機子曰閑宮顯敞雲屋皓旰崇景山之高基迎清風而立觀彤軒紫桂文榱華梁綺井含葩金墀玉廂温房則冬服絺綌清室則中夏含霜華閣緣雲飛陛陵虛俯視

流星仰觀八隅升龍攀而不逢眇天際
而高居繁巧神怪變容異形班輸無所
措其斧斤離婁爲之失精麗草交植殊
品詭類綠葉失榮熈天曜日素水盈沼
叢木成林飛鵰陵高鱗甲隱深於是逍
遥暇豫忽若忘歸乃使任子垂鈎魏氏
發機芳餌沈水輕繳弋飛落翳雲之翔
鳥援九淵之靈龜然後采菱華擢水蘋

弄珠蟒戲鮫人調漢廣之所詠覿游女
於水濵燿神景於中沚被輕縠之纖羅
遺芳烈而靜步抗皓手而清歌歌曰望
雲際兮有好仇天路長兮往無由佩蘭
蕙兮爲誰脩嬿婉絶兮我心愁此宫舘
之妙也子能從而居之乎玄微子曰余
耽巖穴未暇居此也鏡機子曰既游觀
中原逍遥閑宫情放志蕩滛樂未終亦

將有才人妙妓遺世越俗揚北里之流聲紹陽阿之妙曲爾乃御文軒臨彤庭琴瑟交彈左篪右笙鍾鼓俱振簫管齊鳴然後姣人乃被文縠之華桂振輕綺之飄飄戴金搖之熠爍揚翠羽之雙翹揮流芳燿飛文歷盤鼓煥繽紛長袖隨風悲歌入雲蹻捷若飛蹈虛遠蹠陵躍超驤蜿蟬輝霍翻爾鴻翥濈然鳧沒縱輕

體以迅赴景追形而不逮飛聲激塵依
違厲響才捷若神形難爲象於是爲歡
未洩白日西頹樂散變飾微步中閨玄
眉施兮鉛華落收亂髮兮拂蘭澤形精
服兮揚幽若紅顏宜笑睇眄流光時與
吾子携手同行踐飛除即閑房華燭爛
幄幙張動朱脣發清商揚羅袂振華裳
九秋之夕爲歡未央此聲色之妙也子

能從我而遊之乎玄微子曰予願清虛未暇此遊也鏡機子曰予聞君子樂奮節以顯義烈士甘危軀以成仁是以雄俊之徒交黨結倫重氣輕命感分遺身故田光伏劍於北燕公叔畢命於西秦果毅輕斷虎步谷風威慴萬乘華夏稱雄詞未及終而玄微子曰善鏡機子曰此乃游俠之徒耳未足稱妙若夫田文

旡忌之儔乃上古之俊公子也皆飛仁
揚義騰躍道藝遊心無方抗志雲際陵
轢諸侯驅馳當世揮袂則九野生風慷
慨則氣成虹蜺吾子若當此之時豈能
從我而友之乎玄微子曰予亮願焉然
方於大道有累如何鏡機子曰世有聖
宰翼帝覇世同量乾坤等曜日月玄化
參神與靈合契惠澤播於黎蒸威靈振

乎無外超隆平於郅周踵羲皇而齊秦
顯朝惟清王道遐均民望如草我澤如
春河濱無洗耳之士喬岳無巢居之民
是以俊乂來仕觀國之光舉不遺材進
各異方讚典禮於辟雍講文德於明堂
正流俗之華說綜孔氏之舊章散樂移
風國靜民康神應休臻屢獲嘉祥故甘
露紛而神降景星宵而舒光觀龍游於

神淵聆鳴鳳於高崗此霸道之至隆而雍熙之盛際然主上猶尚以沈恩之未廣懼聲教之未厲采英奇於仄陋宣皇明於巖穴此甯子商歌之秋而呂望所以投綸而逝也吾子爲太和之民不欲仕陶唐之世乎於是玄微子攘袂而興曰偉哉言乎近者吾子所述華淫欲以厲我祗攪予心至聞天下穆清明君莅

國覽虛盈之正義知頑素之迷惑令予
廓爾身輕若飛願反初服從子而歸

九詠

芙蓉車兮桂衡結萍蓋兮翠旌四蒼虬
兮翼轂駕陵魚兮驂鯨菌薦兮　席蕙
幬兮苓牀抗南箕兮歎瓊槳挹天河兮
滌玉觴靈既降兮泊靜默登文階兮坐
紫房服春榮兮猗靡雲居繞兮容裔冠

北辰兮岌峩帶霓虹兮陵厲蘭肴御兮
玉俎陳雅音奏兮文虡羅感漢廣兮羨
游女揚激楚兮詠湘娥臨回風兮浮漢
渚目牽牛兮眺織女交有際兮會有期
嗟痛吾兮來不時來無見兮進無聞泣
下雨兮歎成雲先后悔其靡及兾后王
之一寤猶搦攣而繁筞馳罷復車之危路
羣秉舟而無檝將何川而能度何世俗

之蒙昧悼邦國之未靜焚椒蘭其望治
由倒裳而求領尋湘漢之長流採芳岸
之靈芝遇遊女於水裔採菱華而結詞
野蕭條以極望曠千里而無人民生期
於必死何自苦以終身寧作清水之沉
泥不爲濁路之飛塵

柳頌序

余以閑暇駕言出遊過友人揚德祖之

家視其屋宇寥廓庭中有一柳樹聊戲刋其枝葉故著斯文表之遺翰遂因辭勢以譏當今之士

司馬仲達書

今賊徒欲保江表之城守歐吴耳無有爭雄於宇内角勝於平原之志也故其俗蓋以洲渚爲營壁江淮爲城塹而已若可得挑致則吾一旅之卒足以敵之

矣蓋弋鳥者矯其矢釣魚者理其綸此皆度彼為慮因象設宜者也今足下曾無矯矢理綸之謀徒欲候其離舟伺其登陸乃圖并吴會之地牧東野之民恐非主上授節將之心也

與揚德祖書

植白數日不見思子為勞想同之也僕少小好為文章迄至于今二十有五年

矣然今世作者可略而言也昔仲宣
獨步於漢南孔璋鷹揚於河朔偉長擅
名於青土公幹振藻於海隅德璉發跡
於此魏足下高視於上京當此之時人
人自謂握靈蛇之珠家家自謂抱荊山
之玉吾王於是設天網以該之頓八紘
以掩之今悉集茲國矣然此數子猶復
不能飛騫絶跡一舉千里也以孔璋之

才不閑於辭賦而多自謂與司馬長卿同風譬畫虎不成反爲狗者也前有書嘲之反作論盛道僕讃其文夫鍾期不失聽于今稱之吾亦不能妄歎者畏後世之嗤余也世人著述不能無病僕嘗好人譏彈其文有不善應時改定昔丁敬禮嘗作小文使僕潤飾之僕自以才不過若人辭不爲也敬禮謂僕卿何

所疑難文之佳惡吾自得之後世誰相知定吾文者邪吾常歎此達言以爲美談昔尼父之文辭與人通流至於制春秋游夏之徒乃不能措一辭過此而言不病者吾未之見也蓋有南威之容乃可以論於淑媛有龍淵之利乃可以議於斷割劉季緒才不能逮於作者而好詆訶文章掎摭利病昔田巴毀五帝罪

三王訾五霸於稷下一旦而服千人魯連一説使終身杜口劉生之辯未若田氏今之仲連求之不難可無息乎人各有好尚蘭茝蓀蕙之芳衆人所好而海畔有逐臭之夫咸池六莖之發衆人所樂而墨翟有非之之論豈可同哉今往僕少小所著辭賦一通相與夫街談巷説必有可采擊轅之歌有應風雅匹

夫之思未易輕弃也辭賦小道固未足以揄揚大義章示來世也昔揚子雲先朝執戟之臣耳猶稱壯夫不爲也吾雖薄德位爲蕃侯猶庶幾勠力上國流惠下民建永世之業流金石之功豈徒以翰墨爲勳績辭賦爲君子哉若吾志未果吾道不行將采庶官之實録辨時俗之得失定仁義之衷成一家之言雖未

能藏之於名山將以傳之於同好非要之皓首豈今日之論乎其言之不慭恃惠子之知我也明早相迎書不盡懷曹植白

與吳季重書

植白季重足下前日雖因常調得爲密坐雖燕飲彌日其於别遠會希猶不盡其勞積也若夫觴酌陵波於前簫笳發

音於後足下鷹揚其體鳳觀虎視謂蕭
曹不足疇衞霍不足侔也左顧右眄謂
若無人豈非吾子壯志哉過屠門而大
嚼雖不得肉貴且快意當斯之時願舉
太山以爲肉傾東海以爲酒伐雲夢之
竹以爲笛斬泗濱之梓以爲箏食若塡
巨壑飲若灌漏巵其樂固難量豈非大
丈夫之樂哉然日不我與曜靈急節面

有逸景之速別有參商之闊思抑六龍之首頓羲和之轡折若木之華閉濛汜之谷天路高邈良無由緣懷戀反側如何如何得所來訊文采委曲曄若春榮瀏若清風申詠反覆曠若復面其諸賢所著文章想還所治復申詠之也可令喜事小史諷而誦之言文章之難非獨今也古之君子猶亦病諸家有千里驥

而不珍焉人懷盈尺和氏無貴矣夫君子而知音樂古之達論謂之通而蔽墨翟不好伎何爲過朝歌而回車乎足下好伎值墨翟回車之縣想足下助我張目也又聞足下在彼自有佳政夫求而不得者有之矣未有不求而自得者也且攺轍而行非良樂之御易民而治非楚鄭之政願足下勉之而已矣適對嘉

賓口授不悉往來數相聞曹植白

任城王誄

昔二虢佐文旦奭翼武於休我王魏之元輔將崇懿跡等號齊魯如何奄忽命不是與仁者悼没兼彼殊類矧我同生能不憯阻目想宫墀心在平素髣髴魂神馳情陵墓凡夫愛命達者徇名王雖薨殂功著丹青人誰不没德貴有遺乃作誄曰

幼有令質光耀珪璋孝殊閔氏義達參
商溫溫其恭爰柔克剛心存建業王室
是匡矯矯元戎雷動雨徂橫行燕氏威
慴北胡奔虜無竄還戰高栁王率壯士
常爲君首宜究長年永保皇家如何奄
忽景命不遐同盟飲淚百寮咨嗟

大司馬曹休誄

於穆公侯魏之宗室明德繼踵弈世純

粹闡弘汎愛仁以接物藝以爲華體斯
亮實年没弱冠志在雄英髙揖名師發
言有章東夏翕然稱曰龍光貧而無怨
孔以爲難嗟我公侯屢空是安不耽世
禄親悦爲懽好彼蓬樞甘彼瓢簞味道
忘憂踰憲超顔矯矯公侯不撓其戹呵
叱三軍躬奮雄戟足蹴白刃手挼飛鏑
終弭淮南保我壃場

光祿大夫荀侯誄

如氷之清如玉之潔法而不威和而不褻百寮歔欷天子霑纓機女投杼農夫輟耕輪結轍而不轉馬悲鳴而倚衡

平原懿公主誄

俯振地紀仰錯天文悲風激興霜飇雪雰凋蘭夭蕙良幹以泯於惟懿主瑛瑤其質協策應期含英秀出岐嶷之姿寔

朗寔貴在生十旬察人識物儀同聖表
聲協音律躟眉識往俛首知來求顏必
笑和音則該阿保接手侍御充傍常在
襁褓不停笫牀專愛一宮取玩聖皇何
圖奄忽罹天之殃魂神遷移精爽翱翔
號之不應聽之莫聆帝用吁嗟嗚呼失
聲嗚呼哀哉憐爾早没不逮陰光改封
大郡惟帝舊壃建土開家邑移蕃王琨

珮惟鮮朱紱斯煌國號旣崇哀爾孤獨
配爾名子華宗貴族爵以列侯銀艾優
渥成禮于宫靈輀交轂生雖異室没同
山岳爰構玄宫玉石交連朱房皓壁暠
曜電鮮飾終備位法生象存長筵繕修
神閨掩扉二柩竝降雙魂孰依人誰不
歿憐爾尚微阿傺激慼上聖傷悲城闕
之詩以日喻歲況我愛子神光長滅窩

闢一闔曷其復晰

武帝誄

於惟我王承運之衰神武震發群雄殄夷拯民于下登帝太微德美旦奭功越彭韋允德光備萬國作師寑疾不興聖體長違華夏歛淚黎庶含悲神翳功顯身沈名飛敢揚聖德表之素旗乃作誄曰

於穆我王冑稷胤周賢聖是紹元懿允休先侯佐僕實惟平陽功成績著德昭二皇民以寧一興詠有章我王承統文姿時生年在志學謀過老成奮臂舊邦翻身上京表與我王兵交若神張陳背誓儆帝虐民擁徒百萬虎視朔濱我王赫怒戎車列陳武卒虓闞如雷如震攙搶北掃舉不浹辰紹遂奔北河朔是賓

振旅京師帝嘉厥庸乃位丞相揔攝三
公進受上爵臨君魏邦九錫昭備大路
光龍玄鑒靈蔡探幽洞微下無僞情姦
不容非敦儉尚古不玩珠玉以身先下
民以純樸聖性嚴毅手修清一惟善是
嘉靡疏靡昵怒過雷電喜踰春日萬國
肅虔望風震慄既揔庶政兼覽儒林躬
著雅頌被之琴瑟茳茳四海我王康之

微微漢嗣我王匡之群傑扇動我王服
之喁喁黎庶我王育之光有天下萬國
作君虔奉本朝德美周文以寬克衆每
征必舉四夷賓服功夷聖武翼帝王世
神武鷹揚左鉞右旄威凌伊呂年踰耳
順體壯志肅乾乾庶事氣過方叔宜並
南岳君國無窮如何不吊禍鍾聖躬弃
離臣子背世長終兆民號咷仰愬上穹

旣以約終令節不衰旣即梓宮躬御綴
衣璽不存身唯紼是荷明器無飾陶素
是嘉旣次西陵幽闥啓路群臣奉迎我
王安厝窈窕玄宇三光不入僣闥一扃
尊靈永蟄聖上臨穴哀號靡及群臣陪
臨佇立以泣去此昭昭於彼冥冥永棄
兆民下君百靈千代萬葉曷時復形

文帝誄

嗚呼哀哉于時天震地駭崩山隕霜陽
精薄景五緯錯行百姓呼嗟萬國悲悼
若喪考妣恩過慕唐擗踊郊野仰想穹
蒼僉曰何辜早世殞喪嗚呼哀哉悲夫
大行忽焉光滅永弃萬國雲徃雨絶承
問荒忽惛懵哽咽袖鋒抽刃欲自僵斃
追慕三良甘心同穴感惟南風惟以鬱
滯終於偕没指景自誓考諸先記尋之

哲言生若浮寄惟德可論朝聞夕逝孔
志所存皇雖一沒天禄永延何以述德
表之素旃何以詠功宣之管絃乃作誄
曰
皓皓太素兩儀始分中和產物肇有人
倫爰曁三皇寔秉道眞降逮五帝繼以
懿純三代製作踵武立勳季嗣不維綱
漏于秦崩樂滅學儒坑禮焚二世而殲

漢氏乃因弗求古訓羸政是遵王綱帝
典閴爾無聞末光幽昧道究運遷乾坤
回曆簡聖授賢乃眷大行屬以黎元龍
飛啓祚合契上玄五行定紀改號革年
明明赫赫受命于天仁風偃物德以禮
宣祥惟聖質嶷在幼妍庶幾六典學不
過庭潛心無罔亢志青冥才秀藻朗如
王之瑩聽察無響瞻覩未形其剛如金

其貞如瓊如冰之潔如砥之平爵公無
私戩違無輕心鏡萬機攬照下情思良
股肱嘉昔伊呂搜揚側陋舉湯代禹拔
寸巖穴取士蓬户唯德是縈弗拘禰祖
宅土之表道義是圖弗營厥險六合是
虞齊契共遵下以純民愜折規矩克紹
前人科條品制褒貶以因秉㲉之輅行
夏之辰金根黃星翠葆龍鱗紼冕崇麗

衡紞惟新尊肅禮容矚之若神方牧妙
舉欽於恤民虎將荷節鎮彼四鄰朱旗
所勤九壤被震疇克不若孰敢不臣縣
旌海表萬里無塵虜備凶徹鳥殪江岷
摧若涸魚乾若脯鱗肅慎納貢越裳効
珍條支絕域象子內賓德儕先皇功侔
太古上靈降瑞黃初叔祐河龍洛龜陵
波游下平均應繩神鸞翔舞數莢階除

系風扇暑皓獸素禽飛走郊野神鍾寶
鼎形自舊土雲英甘露瀸塗被宇靈芝
冒沼朱華陰渚回回凱風祁祁甘雨稼
穡豐登我稷我黍家佩惠君戶蒙慈父
圖致大和洽德全義將登介山先皇作
儷鐫石紀勲兼錄衆瑞方隆封禪歸功
天地賓禮百靈勲命視規望祭四嶽燎
封奉柴肅于南郊宗祀上帝三牲既供

夏禘秋嘗元侯佐祭獻璧奉璋鸞輿幽
藹龍旂太常爰迄太廟鍾鼓鍠鍠頌德
詠功八佾鏘鏘皇祖既饗烈考來享神
具醉止降兹福祥天地震蕩大行康之
三辰晴昧大行光之皇紘惟絶大行綱
之神器莫統大行當之禮樂廢弛大行
張之仁義陸沈大行揚之潛龍隱鳳大
行翔之疏狄遐康大行匡之在位七載

元功仍舉將永大和絶迹三五宜作物
師長爲神主壽終金石等筭東父如何
奄忽摧身后土俾我煢煢靡瞻靡顧嗟
嗟皇穹胡寧忍務嗚呼哀哉明監吉凶
體遠存亡深垂典制申之嗣皇聖上虔
奉是順是將乃刱玄宇基爲首陽擬迹
穀林追堯慕唐合山同陵不樹不疆塗
車芻靈珠玉靡藏百神警侍來賓幽堂

耕禽田獸望塊之翔於是俟大隧之致
功兮練元辰之淑禎潛華體於梓宮兮
馮正殿以居靈顧望嗣之號咷兮存臨
者之悲聲悼晏駕之旣候兮感容車之
速征浮飛魂於輕霄兮就黃墟以滅形
背三光之昭晰兮歸玄宅之冥冥嗟一
往之不反兮痛閟闥之長扃洛遠臣之
眇眇兮成凶諱以怛驚心孤絶而靡告

兮紛流涕而交頸思恩榮以橫奔兮閔
關塞之嶢崢顧衰經以輕舉兮迫關防
之我嬰欲高飛而遥憩兮憚天網之遠
經遥投骨於山足兮報恩養於下庭慨
拊心而自悼兮懼施重而命輕嗟微軀
之是效兮甘九死而志生幾司命之役
籍兮先黃髮而隕零天蓋高而察卑兮
冀神明之我聽獨鬱伊而莫愬兮追顧

景而憐形奏斯文以寫思兮結翰墨以
敷誠嗚呼哀哉

卞太后誄

率土噴薄三光改度陵頹谷踊五行互
錯皇室蕭條羽檄四布百姓欷歔嬰兒
號慕若喪考妣天下縞素聖者知命徇
道寶名義之攸在亦弃厥生敢揚后德
表之旐旌光垂罔極以慰我情乃作誄

曰
我王之生坤靈是輔作合于魏亦光聖
代篤生帝文紹虞之緒龍飛紫宸奄有
九土詳惟聖善岐嶷秀出德配姜嫄不
忝先哲玄覽萬機兼才備藝汎納容衆
含垢藏疾仰奉諸姑降接儔列陰陽觀
潛外明内察及踐大位母養萬國温温
其人不替明德悼彼邊氓未遑宴息恒

勞庶事兢兢翼翼親桑蠶館爲天下式樊姬霸楚書載其庸武王有亂孔歎其功我后齊聖克暢丹聰不出房闥心照萬邦年踰耳順乾乾匪倦珠玉不玩躬御綈練日昃志飢臨樂勿讌去奢即儉曠世作檢慎終如始蹈和履貞恭俟神祇昭奉百靈跼天蹐地祗畏神明敬微慎獨報禮幽冥虔肅宗廟蠲薦三牲降

福無壃祝二公其神宜享斯祐蒙祉自天
何圖凶咎不勉斯年甞禱盡禮有篤無
痊豈命有終神食其言遺孫在疚承諱
東藩擗踊郊畛洒涕中原追號皇妣弃
我何遷昔垂顧復今何不然空宮寥廓
棟宇無煙巡省階塗髣髴櫺軒仰瞻帷
幄俯察几筵物不毀故而人不存痛莫
酷斯彼蒼者天遂臻魏都遊䰟舊邑大

隧開塗靈將斯戢歎息霧興揮淚雨集
徘徊輀柩號咷弗及神光既幽佇立以
泣

金瓠哀辭

金瓠予之首女雖未能言固已授色知
心矣生十九旬而夭折乃作此辭辭曰
在襁褓而撫育向孩笑而未言不終年
而夭絶何負罰於皇天信吾罪之所招

悲弱子之無諐去父母之懷抱滅微骸
於糞土天長地久人生幾時先後無覺
促爾有期

行女哀辭

行女生于季秋而終于首夏三年之中
二子頻喪伊上靈之降命何短脩之難
裁或華髮以終年或懷姙而逢災感前
愛之末闋復新殃之重來方朝華而晚

敷比辰露而先晞感逝者之不追悵情忽而失度天蓋高而無階懷此恨其誰訴

仲雍哀辭

曹喈字仲雍魏太子之中子也三月而生五月而亡昔后稷之在寒冰鬭穀之在楚澤咸依鳥憑虎而無風塵之灾今之玄弟文茵無寒冰之慘羅幃綺帳暖

於翔鳥之翼幽房閉宇密於雲夢之野慈母良保仁乎烏虎之情卒不能延期於暮載雖六旬而夭殁彼孤蘭之眇眇亮成幹其卑榮哀綿綿之弱子早背世而潛形且四孟之末周將願子乎一齡陰雲回於素蓋悲風動其扶輪臨埏闥以歔欷淚流射而霑巾

王仲宣誄

建安二十二年正月二十四日戊申魏
故侍中關内侯王君卒嗚呼哀哉皇穹
神察喆人是恃如何靈祇殲我吉士誰
謂不痛早世即冥誰謂不傷華繁中零
存亡分流夭遂同期朝聞夕没先民所
思何用誄德表之素旗何以贈終哀以
送之遂作誄曰猗歟侍中遠祖彌芳公
高建業佐武伐商爵同齊魯邦祀絶亡

流裔畢萬勳績惟光晉獻賜封于魏之
疆天開之祚末冑稱王厥姓斯氏條分
葉散世滋芳烈揚聲秦漢會遭陽九炎
光中曚世祖撥亂爰建時雍三台樹位
履道是鍾寵爵之加匪惠惟恭自君二
祖爲光爲龍僉曰休哉冝翼漢邦或統
太尉或掌司空百揆惟叙五典克從天
静民和皇教遐通伊君顯考奕世佐時

入管機密朝政以治出臨朔岱庶績咸
熙君以叔懿繼此洪基既有令德材技
廣宣強記洽聞幽讚微言文若春華思
若涌泉發言可詠下筆成篇何道不洽
何藝不閑棋局逞巧博弈唯賢皇家不
造京室隕顛宰臣專制帝用西遷君乃
羇旅離此阻艱翕然鳳舉遠竄荆蠻身
窮志達居鄙行鮮振冠南岳濯纓清川

潛處蓬室不干勢權我公奮鉞耀威南
楚荆人或違陳戎講武君乃義發筭我
師旅高尚覇功投身帝宇斯言既發謀
夫是與是與伊何嚮我明德投戈編郡
稽顙漢北我公是嘉表揚京國金龜紫綬
以彰勳勳則伊何勞謙靡已憂世忘
家殊略卓峙乃署祭酒與軍行止筭無
遺策畫無失理我王建國百司雋乂君

以顯舉秉機省闥戴蟬珥貂朱衣皓帶入侍帷幄出擁華蓋榮燿當世芳風晻藹嗟彼東夷憑江阻湖騷擾邊境勞我師徒光光戎輅霆駭風徂君侍華轂輝輝王塗思榮懷附望彼來威如何不濟運極命衰寢疾彌留吉往凶歸嗚呼哀哉翩翩孤嗣號慟崩摧發軫北魏遠迄南淮經歷山河泣涕如頹哀風興感行

雲徘徊游魚失浪歸鳥志栖嗚呼哀哉
吾與夫子義貫丹青好和琴瑟分過友
生庶幾遐年携手同征如何奄忽弃我
夙零感昔宴會志各高厲予戲夫子金
石難弊人命靡常吉凶異志此歡之人
孰先隕越何寤夫子果乃先逝又論死
生存亡數度子猶懷疑求之明據儻獨
有靈游魂泰素我將假翼飄颻高舉超

登景雲要子天路喪柩既臻將及魏京
靈輀回軌白驥悲鳴虚廓無見藏影蔽
形埶云仲宣一不聞其聲延首歎息雨泣
交頸嗟乎夫子永安幽冥人誰不没達
士徇名生榮死哀亦孔之榮嗚呼哀哉

曹子建文集卷第九

曹子建文集卷第十

漢二祖優劣論

有客問余曰夫漢二帝高祖光武俱爲授命撥亂之君比時事之難易論其人之優劣孰者爲先余應之曰昔漢之初興高祖因暴秦而起遂誅強楚光有天下功齊湯武業流後嗣誠帝王之元勳人君之盛事也然而名不繼德行不純

道身没之後崩亡之際果令凶婦肆酖酷之心嬖妾被人豕之刑亡趙幽囚禍殃骨肉諸吕專權社稷幾移凡此諸事豈非高祖寡計淺慮以致然彼之雄材大略俶儻之節信當世至豪健壯傑士也又其梟將盡臣皆古今之鮮有歷世之希覩彼能任其才而用之聽其言而察之故兼天下有帝位流巨勳而遺元

功也世祖體乾靈之休德禀貞和之純精通黃中之妙理韜亞聖之懿才其爲德也聰達而多識仁智而明恕重愼周密樂施而愛人値陽九無妄之世遭炎光巨會之運殷爾雷發赫然神舉用武略以攘暴興義兵以掃殘神光前驅威風先遊軍未出於南京莽已斃於西都夫其盪滌凶穢勦除醜類若順迅風而

縱烈火曬白日而掃朝雲也爾乃廟
而後動衆計定而後行師故攻無不陷
之壘戰無奔北之卒是以群下欣欣歸
心聖德宣仁以和衆邁德以來遠故賓
鄙聞聲而影附馬援一見而歎息股肱
有濟濟之美元首有穆穆之容敦睦九
族有唐虞之稱高尚純樸有羲皇之素
謙虛納下有吐握之勞留心庶事有日

昊之勤乃規弘跡而造皇極創帝道而立德基是以計功則業殊比隆則事異旌德則靡愆言行則無穢量力則勢微論輔則力劣卒能握乾圖之休徵應五百之顯期立不刊之遐迹建不朽之元功金石播其休烈詩書載其勳懿故曰光武其優也

魏德論

元氣否塞玄黃噴薄晨星亂逆陰陽舛
錯四海鼎沸蕭條沙漠武皇之興也以
道陵殘義氣風發神戈退指則妖氛順
制靈弧雲舉則朝陽播越惟我聖后神
武蓋天威光佐掃辰彗北轡首尾爭擊
氣齊率然乃鼉比席卷千里隱乎若崩
岳盱乎若潰海愠彼蠻夏蠢爾弗恭脂
我蕭斧簡武練鋒星陳而天運振耀乎

南封荆人風靡交益影從軍藴餘勢襲
利乘權蕩鬼區於白水擒矯制於遐川
仰屬目於條支晞弱水之潺湲薄張騫
於大夏笑驃騎於祁連其化之也如神
其養之也如春柔遠能邇誰敢不賓憲
度增飾日耀月光跡存乎建安道隆乎
延康於是漢氏歸義顧音孔昭顯禪天
位希唐放堯允上猶謙謙弗納也發不世

之明詔薄皇居而弗恭蹈比人之清節美石戶之高介義貫金石神明以興神祗致祥乾靈効祐於是群公卿士功臣列辟率爾而進曰昔文王三分居二以服事殷非能之而弗欲蓋欲之而弗能況天網弗禁皇綱圮紐佚民非復漢萌尺土非復漢有故皇武創跡於前陛下光美於後蓋所謂勳成於彼位定於此

者也將使斯民播秬鬯植靈芝之鋤上穗挹醴滋遂乃凱風迴焱甘露匝時農夫詠於田壠織婦令而綜綜黃吻之亂含哺而怡鮐背之老擊壤而嬉古雖稱乎赫胥昌若斯之大治乎于時上留於春秋聖德汪濊竒志妙思神鑒靈察方將審御陰陽增耀日月極禎祥於遐奧飛仁風以樹惠既遊精萬機探逍遥乎六

藝兼覽儒林抗思乎文藻之場囿容與
乎道術之壇畔超天路而高峙陟清雲
以妙觀將參跡於三皇豈徒論功於大
漢天地位矣九域清矣皇化四達帝猷
成矣明哉元首股肱貞矣禮樂既作興
頌聲矣固封泰山禪梁甫歷名山以祈
福周五方之靈宇越八九於往素踵帝
皇之靈矩流餘祚於黎蒸鍾元吉乎聖

主

相論

世固有人身瘠而志立體小而名高者於聖則否是以堯眉八彩舜目重瞳禹耳叅漏文王四乳然則世亦有四乳者此則駑馬一毛似驥耳又曰宋臣有公孫吕者長七尺面長三尺廣三寸若此之狀蓋遠代而求非一世之異也使形

殊於外道合其中名震天下不亦宜乎
語云無憂而戚憂必及之無慶而歡樂
必遂之此心有先動而神有先知則有
先見也故扁鵲見桓公知其將亡申叔
見巫臣知其竊妻而逃也荀子曰以爲
天不知人事耶則周公有風雷之災宋
景有三舍之福以爲知人事乎則楚昭
有弗禜之應魏文無延期之報由是言

之則天道之與相占可知而疑不可得而無也

辯道論

世有方士吾王悉所招致甘陵有甘始廬江有左慈陽城有郄儉善辟穀悉號數百歲所以集之魏國者誠恐此人之徒接姦詭以欺衆行妖惡以惑民豈復欲觀神山於瀛洲求安期於邊海釋金

輅而顧雲輿弃文驥而求飛龍哉夫帝者位殊萬國富有天下威尊彰明齊光日月宮殿闕庭焜耀紫微何顧乎王母之宮崑崙之域哉夫三鳥被役不如百官之美也素女姮娥不若椒房之麗也雲衣羽裳不若黼黻之飾也駕螭載霓不若乘輿之盛也瓊蕊玉華不若王圭之潔也而顧爲匹夫所罔納虛妄之辭

信眩惑之説隆禮以招弗臣傾産以供虚求散王爵以榮之清閑館以居之經年累稔終無一驗雖復誅其身滅其族紛然足爲天下笑矣若夫玄黄所以娯目鏗鎗所以樂耳媛妃所以紹光芻豢所以悦口也何以甘無味之味聽無聲之樂觀無彩之色也

籍田説

春耕于籍田郎中令侍寡人焉顧而謂之曰昔者神農氏始甞萬草教民種植令寡人之興此田將欲以擬乎治國非徒娱耳目而已也夫營疇萬畝厥田上下經以大陌帶以横阡此亦寡人之封疆也日殁没而歸舘晨未昕而即野此亦寡人之先下也菽藋特疇禾黍異田此寡人之理政也及其息泉滴底重陰

懷有虞撫素琴此亦寡人之所親賢也剃
蔡負蔚弃之遠壃此亦寡人之所遠佞
也若年豐歲登果茂菜滋則臣僕小大
咸取驗焉又曰封人有能以輕鑿脩鉤
去樹之蝎者樹得以茂繁中舍人曰不
識天下者亦有蝎者乎寡人告之曰昔
三苗共工鯀驩兜非堯之蝎與問曰諸
侯之國亦有蝎乎寡人告之曰齊之諸

田晉之六卿魯之三桓非諸侯之蝎歟
然三國無輕釁脩鉤之任終於齊篡魯
弱晉國以分不亦痛乎曰不識爲君子
者亦蝎乎寡人告之曰固有之也富而
慢貴而驕殘仁賊義甘財悦色此亦君
子之蝎也天子勤耘以牧一國大夫勤
耘以收世祿君子勤耘以顯令德夫農
者始於種終於穫澤既時矣苗既美矣

弃而不耘則改爲荒疇蓋豐年者期於必收譬修道者亦期於没身也

令禽惡鳥論

國人有以伯勞生獻者王召見之侍臣曰世同惡伯勞之鳴敢問何謂也王曰昔尹吉甫用後妻之讒殺孝子伯奇吉甫后悟追傷伯奇出遊于田見鳥鳴于桑其聲噭然吉甫動心曰伯奇乎乃撫

曼其音尤切吉甫乃顧曰伯勞乎是吾子棲吾輿非吾子飛勿居鳥尋聲而棲于蓋吉甫遂射殺后妻以謝之故俗惡伯勞之鳴言所鳴之家必有尸也此好事者附名爲之說而今普傳惡之斯實否也伯勞以五月而鳴應陰氣之動陰爲賊害蓋賊害之鳥也其聲鵙鵙然故俗憎之若其爲人多害愚民之所信通

人之所略也鳥鳴之惡自取憎人言之惡自取滅不能有累於當世也而凶人之行弗可易梟鵙之鳴不可更者天性然也昔荆之梟將巢於吳鳩遇之曰何去荆而巢吳乎梟曰荆人惡予之聲鳩曰子不能革子之音則吳楚之民不異情也爲子計者莫若宛頸戢翼終身勿復鳴也昔會朝議者有人問曰寧有聞

梟食其母乎有荅之者曰常聞烏反哺
未聞梟食母也問者慚唱不善也得蟮
者莫不馴而放之爲利人也得蚤者莫
不糜之齒牙爲害身也鳥獸昆虫猶以
名聲見異況夫吉士之與凶人乎

魏德論謳殺

於穆聖皇仁暢惠渥辭獻减膳以服鰥
獨和氣致祥時雨滲灑野草萌芽變化

嘉穀

禾

猗猗嘉禾惟穀之精其洪盈箱協穗殊

莖昔生周朝今植魏庭獻之朝堂以照

祖靈

鶡

鶡之堛堛詩人取喻今存聖世呈質見

素飢食茗華渇飲清露異于疇匹衆鳥

是慕

鳩

班班者鳩爰素其質昔翔殷邦今爲魏出朱目丹趾靈姿詭類載飛載鳴彰我皇懿

髑髏說

曹子游乎陂塘之濱步乎蓁穢之藪蕭條潛虛經幽踐阻顧見髑髏塊然獨居

於是伏軾而問之曰子將結纓首劒殉
國君乎將被堅執鋭斃三軍乎將嬰茲
固疾命隕傾乎將壽終數極歸幽冥乎
叩遺骸而歎息哀白骨之無靈慕嚴周
之適楚儻託夢以通情於是伻若有來
怳若有存影見容隱厲聲而言曰子何
國之君子乎既枉輿駕閔其枯朽不惜
咳唾之音而慰以若言子則辨於辭矣

然未達幽冥之情死生之説也夫死之爲言歸也歸也者歸於道也道也者身以無形爲主故能與化推移陰陽不能更四時不能虧是故洞於纖微之域通於怳惚之庭望之不見其象聽之不聞其聲挹之不充注之不盈吹之不凋嘘之不榮激之不流凝之不庭寂寞冥漠與道相拘偃然長寢樂莫是踰曹子曰

予將請之上帝求諸神靈使司命輟籍反子骸形於是髑髏長呻廓然嘆曰其矣何子之難語也太素氏不仁勞我以形苦我以生今也幸變而之死是反吾真也何子之好勞而我之好逸乎子將歸于太虛於是言卒絶響神光霧除顧將旋軫乃命僕夫拂以玄塵覆以縞巾爰將藏彼路濱覆以丹土翳以緑榛夫

存亡之異世乃宣尼之所陳何神憑之
虛對云死生之必均

新雕曹子建文集卷第十

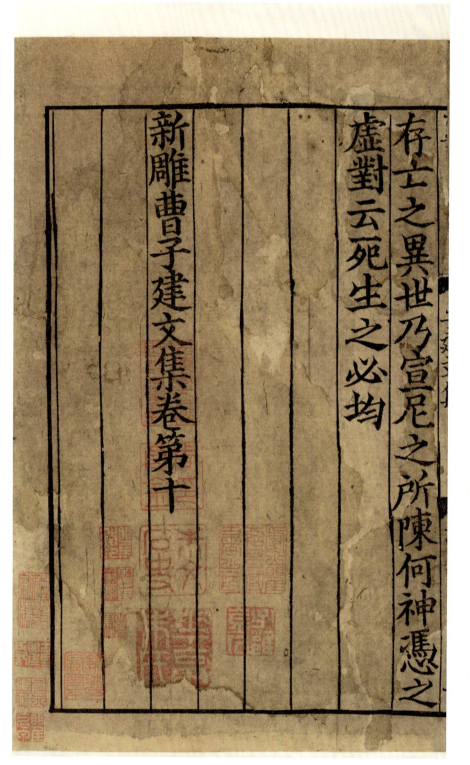